白昼夢の森の少女

恒川光太郎

角川ホラー文庫
23193

目次

古入道きたりて　五
焼け野原コンティニュー　三一
白昼夢の森の少女　六三
銀の船　一一三
海辺の別荘で　一六七
オレンジボール　一七五
傀儡(くぐつ)の路地　一八三
平成最後のおとしあな　二三一
布団窟(ふとんくつ)　二五五
夕闇地蔵　二七三
ある春の目隠し　三一五

あとがき　三三一

古入道きたりて

＊

九月に入る少し前のことで、俺は長門渓谷にいた。

姉が中津温泉に嫁入りしていて、訪ねていったのだが、そのとき、義兄に当たる男から、中津温泉からバス停三つ先にある長門渓谷は岩魚の宝庫だから、時間があるなら帰りに寄ってみたらいいと勧められたのだ。

元来、釣り好きだったので、どんなものかとリュックと釣り竿をかついで、俺は山に分け入っていった。

長門渓谷はいい川だった。人里から遠いためか、人がほとんど入っていない、静かなところだった。

ごろごろと石の転がった河原から、少し進み、淵をのぞくと、これが深く透明で、百匹ほどの岩魚が群れていた。

感激しながらいくらか釣って戻る途中、凄まじい雷が鳴り始めた。

空は暗雲に覆われ、あたりは薄暗くなり、とたんに雨が降ってくる。

どうしたものかと思ったところで、山の中腹にポツンと家が建っているのを、樹木の隙間から見つけたのだ。

最初、俺はそこを避難小屋だと思った。

さほど遠くなく、そこに向かうのであろう小道も目の前にあったため、雨宿りでもしようと、足を向けた。

近くまでくると、避難小屋ではなく、人が暮らしている気配があった。

「すみません、すみません」

声をだすと、引き戸が開き、老婆が顔をだした。

「この天候で難儀しておりまして、少しばかり軒をお借りしてもよろしいでしょうか」

「ああ、よござんすよ」老婆はいった。「どちらからきなすったんで」

「中津温泉のほうから」

「ほうほう、釣りですか」

「ええ」

魚籠を見せると、老婆は頷いた。

ぴしゃりと閃光、続いて轟音。

良かったらどうぞ、と魚籠ごと渡した。

老婆は黙って魚籠を受け取った。それ以上、穿鑿をしなかった。老婆の体は小さく、つぎはぎのある着物を着ていた。

俺はしばらく軒の下で休んでいた。

老婆は麦茶をだしてくれた。

雷はほどなくしてやみ、雨も上がり、雲も晴れた。

だが、そのときには日も暮れかかっていた。バスの時間も逃していたし、夜の山道は足元も見えなくなる。

「夜は危ないでござんすよ。こんな襤褸家でよければ、二階に案内しますので、泊まっていかれたらよいでしょう」

それはありがたい、と礼をいった。

ざっと観察したところ、電気と水道はない家のようだった。ポンプ式の井戸から水を汲んでいるようだ。一階の灯りはランプ。もちろん電話も通じていない。

二階の座敷に案内された。三面鏡や、古箪笥や長櫃が置かれている。部屋の隅には蜘蛛の巣が張っていた。軍服を着た男の写真が額に入って飾られていた。

「日露戦争のときの、夫です」

老婆はいった。

「ご亭主は」

「とうに死にました」

窓からの眺めは良く、連なる山々が見えた。西日に染まった遠い尾根に立つ樹木を見ていると、何か心の隅がうずいた。

「今晩あたり、満月ですから、山を古入道が歩きますよ」

老婆は目を見開いていった。

俺は首を傾げた。コニュウドウ？

「夏ですからねえ。夏の夜ですからねえ」

老婆はいったん引っ込むと、膳をもってきた。俺が渡したものであろう岩魚の塩焼きに、白米。山菜、漬け物、そして大根の煮物だった。

どれも圧倒的にうまかった。

電気がないものだから、すぐに暗くなる。

老婆は、行燈に火をいれた。

ちらちらと行燈の炎が部屋を照らす。

時の流れから取り残された場所のように感じた。

「おばあさん、さきほどの……コニュウドウってなんですか？」

たぶん、虫か何かのような気がした。このあたりでコニュウドウと呼んでいる虫がいるのだと。

「古入道を、ご存じない？　わたしなんぞは、ずうっとこのあたりの土地で婆さんになるまで生きてきましたんで、夏の古入道といったら、当たり前のことですがね。でもまあ、ヨソの人は知らなくても当然かもしれないですね。外に現れるんですよ。ええ、この二階から見えますよ。見えれば幸運です」

「外に？　あの、どういうものですか？」俺はまたきいた。

「まあ、お化けや幻の類ですな。しかし怖くはないですよ。無害です。熊や蛇や野犬のほうがよっぽど怖い。

古入道はね、灯りをつけとったら見えません。見たければ灯りを消すのです。ええ、あれは繊細な現象でして、こちらが目立つと消えてしまうんですわ。灯りを全部消して寝たふりをすることです。そして、そうっとそうっとそこの窓から外を覗きなされ」

食後は、すぐに行燈を消した。

他所の家に泊まらせてもらった身だ。きっと油だって高いだろうと思ったし、特に灯りをつけてでも読みたい書物の類があるわけでもない。

七時か、あるいは八時ぐらいにはもう床についた。

少し眠った。俺は真夜中になると、そっと起きだして、窓から外を眺めた。

満月が空に昇り、低山の連なりを照らしていた。

秋は山から来る。里では夏日が続いていたが、ひんやりとした風が、木の匂いを運んできていた。りんりん、ぎりぎり、と虫の音に満ちている。

山並みの向こうの空に、月光を浴びた雲が、銀色の輝きを発していた。

はて、古入道とは？

何もなかった。ただの──夜の風景だった。

と、にわかに山の向こうから巨人が姿を現した。

はっと息を呑む。

そこから先に俺が見たものは、言葉で正確に表すことはできない。

古入道は──山をひとまたぎにする巨人だった。

あまりにも巨大すぎて、それ自体が山のようだ。体中に木が生えている。

背中の面積だけで、町が一つか二つおさまるだろう。

頭のあたりには、何百羽もの鳥が旋回している。

顔は人間のようでいて、どうもバランスが違う。鼻が大きく、目が大きい。こんな顔の猿が熱帯のどこかにいたように思う。

猫背で、顔を前に突き出している。頭には塔のようなものが載っている。疲れきって前のめりに倒れる寸前のような歩き方だ。

その、超巨大生物が、さしたる音もたてずに、山を歩いている。

全身に汗が滲んだ。

理解などできるはずもなかった。

あんなものがいるのなら、大騒ぎになるはずだ。それこそ、日本中が騒ぎになる。

だが、なっていない。老婆の説明も、夏の夜のちょっと不思議な現象、といった風だった。

見ているだけで思考が奪われていく。

古入道は音を発さずに動く。

ある程度近くまできたが、家を通り越して山の向こうへと歩いていく。

やがて古入道はゆっくりと蹲った。

そして、そのまま暗い山影に同化して消えた。

いつまでも古入道が蹲ったところを眺めていた。暗い山影はもう動かなかった。

翌朝、太陽が昇ってから、もう一度古入道が蹲ったところを確認した。なんの変哲もない青々とした山があるだけだった。

布団を畳んでいると、襖が開いた。

「おはようございます」

「へえ、おはようございます。眠れましたか」

おかげさまでありがとうございます、と俺は封筒をとりだした。なんといって渡すべきかわからない。

「すみません、心付けです」

決してたくさんは入っていないが、中津の温泉宿の素泊まり料金ぐらいは、入っていた。

老婆の手に握らせると、老婆は頷いて、封筒を懐にしまった。何か悪いやりとりをしたように小声でいった。

「ありがてえこってす、へえ」

「昨晩、窓の外で見ましたよ」

俺も少し気まずくなり、すぐに話を昨晩のことに逸らせた。

「山をよぎる、大きな」

老婆は笑みを浮かべた。

「古入道を見なすったですかい」

老婆は、どうでしょう、たいしたものでしょう、とでもいうような顔をしていた。

「ええ、あれは一体」

「そりゃあ、もう、古入道っちゅうことしかいえませんわ。すんませんけど、無学なもんでねえ。空に虹がかかるとか、春に桜が咲いたりってのと同じようなものなんです。夏の満月の夜には古入道が通過するんですわ。大昔からそうなんですわ」

「あれだけ大きなものが歩いて、地面に影響がでないですか。巨大な足跡とかができそうなものですが」

「できないんですね、音も地響きもせんかったでしょう。あれはねえ、一種の幽霊ですな。あれが通ったあとも、別に何ひとつ踏みつぶされたりしないんです。あれが消えたところも、別に何か変化が起きるわけではありません」

「普段は、山、なのですか」

「わかりませんな。人がいうには、古入道の山いうもんがあって、場所は毎回変わるんだそうで、そこに迷って入ると、どこか遠くに運ばれるという話もありますが、どうだかねえ。ともかくまあ、あの巨人は〈この世〉のもんではない〈あの世〉のもんですよ。ほれ、蜃気楼いうんは、実際にそこに何かあるわけではなくて、遠い海の向こうの町が映っていたりするのでしょう。あれもね、遠い〈あの世〉の蜃気楼なんだって、あたしゃあ思いますね」

　俺は頷いた。

「夢のように思いました」

「まあ、一種の夢が歩いているのかもしれませんな。古入道は〈みんな大勢〉では見られないんですわ。隣に誰もいないときだけ、現れる。そして昨日もいいましたが、明るくしていると、見られない。電気のある家なんかではまず見られません。静かな山奥で、一人で、火を消して、絶対に向こうが気がつかないようにそうっと覗かないと、見えないんですよ」

なるほど、と思う。夢も眠らないと見られないし、他人（ひと）とは共有できない。

老婆は、いったん階下に下りると、膳を運んできた。

緑茶とおはぎが載っている。

「いや、これはなんとも」

「さあ、今日も一日、歩くでしょう。腹ごしらえしていってください」

おはぎは自家製であるに違いなかった。もち米にべったりと餡（あん）が塗りつけられている。とても大きい。荒々しく、ぼってりとしている。

「おいしそうな、おはぎですね」

「夜船（よふね）でございます」

「夜船というのは」

「牡丹餅（ぼたもち）のことを、おはぎといいますな？　牡丹餅を、おはぎいうのは、本当は秋だけなんです。牡丹餅いうんは、季節によって名前を変えるんです。春は牡丹餅。秋はおはぎ、夏は、夜船というんだって、あたしなんか、教わりましたがね」

「そうなんですか」

初耳だった。

「何も知らんねえ、お兄さんは」老婆は笑った。

箸でつまんで口に運ぶと、もち米が口の中でぼろりとほぐれた。充分に甘いが、甘すぎはしない。

これはうまいですな、というと、老婆は満面の笑みで喜んだ。

緑茶を啜る。

「いや、こんなところに住んでいて、山姥みたいな奴だとお思いでしょう」

「いや、そんな」

「なになに、その通りなもんで、かまやしませんがね。でも、こんなこたあ、みんな無視しているようだからいわせてもらいますが、あたしだってねえ、昔は若い女だったんですよ。ええ、若い男の人は、みんな頬を赤らめてちらちらと見ましたもんで、無視して歩きましたわ。五十年も前はねえ。お兄さんも五十年前に来たら良かったですなあ」

俺は急に可笑しくなり、噴き出した。老婆も、かか、と笑った。

「まあ、子供も二人おりますな。もうとっくに大きくなって遠くに出ていますけどな。孫は四人います。でも、ここで一人で古入道が歩くのをしんみり見ているのが好きですわ」

老婆とおしゃべりをしていると、いつまでも出発できないので、適当に切りあげた。外にでると、よく晴れていて、妙に清々(すがすが)しい日だった。

中津温泉のほうに顔をだす用事はもう済んでいたので、汽車で実家に戻ることにした。

バスに乗り、駅に辿(たど)り着き、汽車の座席に座る頃になると、なんだか、古入道なんてものを本当に見たのかどうか、全くもって怪しくなってきた。

＊

杉本(すぎもと)が話し終えた。

七尾(ななお)はいった。

「んで、どうなったんだ」

「それで終わりだ。家に戻ったら赤紙がきていてな」

「おやおや」

「安いなあ、俺の命。出征して、上官に毎日ビンタされて、そしてここだ。まあ、あの夜船が、人生で一番うまかった甘味だな」

七尾と杉本は、ジャングルの中にある岩場の洞窟にいた。

昨日まで七尾は七人の隊に在籍していた。二等兵だった。敵兵の襲撃を受けて、六人が死んだ。つまり、七尾のみが生き残った。たまたま上官の命令で水汲みにでていたことが幸いしたのだ。無論、命じた上官も死んだ。

命からがら逃げてきて、途中で洞窟を見つけて身を隠した。

するとそこに同じ二等兵の階級章をつけた男が潜んでいたのだ。

これが杉本との出会いだった。

杉本は、七尾とは別の部隊で、七尾と同じく作戦中に敵兵の襲撃を受け、散り散りになって逃げてきたのだという。

とりあえずここで、しばらく様子を見ようということになった。

二人とも玉砕するより生還したかったし、外に出て不用意に死ぬことは、戦略的にも正しくないはずだ。

二人で交互に、故郷の話や、食べ物の話などをしていると、すぐに打ち解けて親しくなった。そして、その流れで、杉本が古入道の話を語りはじめたのだ。

緑色の軍服は、二人とも汗と泥で汚れている。

銃と弾薬、僅かな水の他には何もない。

入り口に顔をだすと敵兵に見つかるおそれがあるから、少しだけ奥に引っ込み、岩壁に背を預けて座っている。

「本当の話じゃないよな？」

「いや、本当の話だ」

「じゃあ、おまえ、古入道なんてものが、本当に日本にいるといいはるのか」

「いるな。俺だってその民家に泊まるまでは、一度も聞いたことなかったし、他人から聞いたって信じなかったろうよ。古入道はいる。夏の満月の晩の幻なのかもしれんが、俺は見た。凄いぞ。背中や肩には森がそのまま載っている。頭の上には帽子のように、塔が建っている。見せてやりたいよ。見るまでは信じないだろうが」

しばらく沈黙があった。

「信じるぞ」七尾はいった。「話を聞いているときは、なんだかなあ、と思ったが、だんだん、そういうものがいるんだって気がしてきたわ。俺は、必ず生きて帰ってそこにいって、どうれ、夜船を食べながら、巨人を見物してやる」

七尾は杉本から、その民家の場所の詳細をきいた。

「是非行ってくれ。本当だってわかるから。花火に近いものがある。消えてからは、ああ、終わった、と切なくなった。老婆に会ったら、よろしくいってくれ」

「しかし、話を聞くと、なかなかいい婆さんだな」

「そうだな。夜船を食べたときな。ああ、こりゃあ、もしかすると、俺のために手間暇かけて作ってくれたんだなって思ったよ。封筒を渡してから作ったってことはあるまい。本当にまあ、人生で一番うまかった甘味だって。ちょうどそういうものを食べたい腹具合だった……やはりそのとき体が求めていたものが一番うまい」

「さっきまで、すき焼きを食べたかったが、おまえのせいで、猛烈に甘いものが食べたくなったわ」

「両方とも食べられるさ。本土に戻ったらきっとな」

杉本は目を瞑った。

「少し寝ようか」

七尾も目を瞑った。

七尾は、日本に戻り杉本と一緒にその民家を訪れ、三人で談笑しながら、おはぎ——いや、夜船を食べることを想像した。

べっとりと餡が載った、粒の粗いもち米を頬張る。

想像すると腹が鳴った。

そして夜には、山を古入道が歩く。

——古入道、見てみたいなあ。

七尾は心の底からそう思うと、眠りに落ちた。

＊

地震が起こる。

森がゆっくりと動き、そこに棲む鳥獣が逃げ惑う。

やがて大地がぐらりと立ちあがる。

大きな、大きな、とてつもなく大きな生き物は、ぼろぼろと、土や、岩や、砂利を落とすと、ゆっくりと一歩を踏み出す。

空には月が輝いている。

足元には、森が、川が、湖が、ある。

視線を転じれば、遥か先の巨大な山脈と、延々と続く山並みが目に入る。

大きな生き物はあくびをする。

その音が夜に響き渡る。

なんだか夢を見ていたな。

大きな生き物は思う。

兵隊になって追い詰められた人間の夢だ。

どことも知れぬ土地の誰かの人生。

大きな生き物はよくそういう夢を見る。

大きな生き物は、薄れつつある夢の記憶に思いを馳せるが、もう詳細がよくわからない。大きな生き物の思考は、物事を整理して覚えるのには向いていない。

大きな生き物は、歩く。

たいがいいつも、夜のはじまりから、朝になるまでのどこかで、力尽きて倒れる。いったん倒れると、季節が何百回も巡るほどの長い時間、動かない。じっと大地の精気をむさぼり、やがて力が満ちると、再び起き上がり歩きだす、ということをずっと繰り返してきた。

最後は永遠に目の覚めない、本物の小山になるのだろうと思う。

大きな生き物は、自分のはじまりを知らない。

もしかしたら、かつて自分は人間だったのではないか？

仮に自分が夢にでてきた人間の兵隊だったことがあったのだとしても、気が遠くなるほど昔の話だ。なにしろ、一度の眠りで、数百もの季節が巡るのだ。

空。丘。森。

見渡す限りには、人間の居住地はない。

そもそも夢以外で人間を見たことはない。

自分が人間の夢を見るように、人間もどこか別の時空で、自分の夢を見ているだろうか。

時折、何かに見られている気がする。

大きな生き物は、息を吐く。

口元にこびりついた、苔(こけ)むした土が、ぼろぼろと地表に落ちていく。

そう、あの夢の中で人間たちはどこかの山の中から、そっと自分のことを眺めていた。

考えると、なんだか面白くなった。

森を背負った大きな生き物はしばらくその考えを楽しんでいたが、やがて思考はとりとめもなくなり、霧散していった。

ごうごうと風が吹いた。

夜明け前に地面に倒れ、小山となった。

そして、大きな生き物は、再びまた別の夢を見る。

＊

早朝だった。

二人で洞窟をでた。しばらく森の中を歩いていたが、どこからか銃撃され、慌てて茂みに逃げ込んだ。

呻き声に七尾が目を向けると、腿に銃弾を受けた杉本がもがいていた。

そっと這い寄ると、足を持ってずるずると木陰まで引っ張った。敵兵は撃ってこない。おそらく視界に入っていないのだろう。

七尾は木陰で杉本を背負うと、小走りにその場を離れた。

杉本は七尾より少し大きい。だが七尾は鍛え上げていたし、杉本も痩せていたから、さほど重くも感じなかった。

七尾の背中で、杉本はいった。

「おい、もう下ろせ」

「下ろすさ、ずっとは背負えん」

七尾は返した。

全身を玉の汗が流れ落ちる。

「そこに下ろせ」

「下ろすが、まだだ」

ひょいひょいと七尾は進む。

もう少し安全なところへ。

大きなガジュマルがあった。気根をカーテンのように垂らしている。

七尾はそこで杉本を下ろした。

「すまんな、ありがとう」杉本は呟いた。そして服を破くと傷の手当てをした。

その間、七尾は銃を構えて敵の気配に耳を澄ませた。

敵兵も、深追いする気はないのかもしれない。たとえば、先ほどの場所で、見張りや防衛の任を受けていたのなら、普通は相手を追って持ち場を離れたりしない。

蚊が顔の前をうるさく飛び回る。

羊歯が生い茂っている。

安心しかけたのも束の間だった。少し離れたところで、ざわざわと草をかき分ける音がする。

七尾ははっとして耳を澄ませた。

明らかに忍び足で、葉を踏む音も小さい。だが消しきれない音がこちらに近づいてくる。

そうか、追ってくるか。

動悸が激しくなる。

七尾は杉本をちらりと見た。

杉本は木にもたれながら、七尾に手で示し小声でいった。

——何やってんだ。いいから行け。

七尾は頷いた。

そしてもう振りかえらずに、その場を離れた。

しばらくして、背後に銃声を聞いた。

＊

七尾は死ななかった。

後に何度も汗だくになって、南の悪夢から目を覚ます。そして呟く。

俺は、死ななかった。

杉本と別れてから二日後、七尾は味方の陣営に辿り着いた。途中、腕を怪我し、そのおかげで、傷病兵として日本に向かう船に乗った。同じ船に杉本の姿はなかった。

そのようにして九死に一生を得たのである。島に残った兵はその数日後にほぼ全滅したという。

　ほどなくして終戦を迎えた。

　自分が地獄から生還できたことは、奇跡に近い僥倖だった。

　七尾は意識から戦争のことを遠ざけた。日常を支障なく生きていくのに、不必要なことや、考えてもしかたのないことは、考えないことにした。誰にも多くを語らなかった。

　杉本のことについては、ごくたまに数年に一度、おはぎを食べるときに、僅かな時間思い出した。

　あの後、杉本がどうなったのか、七尾にはわからなかった。

　死体を見たわけではないが、彼は死んだのだと思う。状況から考えても、引き揚げの船で姿を見なかったことからも、その可能性が一番高い。

　杉本を背負い続けていれば、あるいは助けることができたかもしれない――などとは考えなかった。同胞の死は、その戦線においては日常だったし、その種のことを考えてもきりがない。背負い続けていれば、助かったかもしれないが、二人とも死んでいたかもしれない。

　地獄のことなど思い出したくもなかった。怒りや悲しみに身悶えして何になる、と思っていた。

七尾は商社に入社し、後はがむしゃらに働いた。家は東京にあった。やがて東京で妻となる女と出会い、所帯を持った。娘ができて、育てた。娘は成人して、東京のサラリーマンのところに嫁にいった。時々実家に孫を連れて戻ってくる。

戦後、四十年が経過した。

盆の頃のことだ。テレビでは終戦四十年の戦争特集をやっており、妻はのんびりとお茶を飲んでいた。七尾は五分ほど妻の隣でテレビを観ていたが、チャンネルを替えた。妻が、水まんじゅうが載った皿を持ってきたので、なんとなくつまんで食べた。透き通った葛粉（くずこ）に餡が包まれた夏の菓子だ。それから立ち上がり、洗面所で歯を磨いた。

七尾は自室に行くと寝転がった。

電気を消した部屋で、網戸の向こう側から虫の音が聞こえていた。

唐突に、杉本の声が脳裏に響いた。

――まあ、あの夜船が、人生で一番うまかった甘味だな。

「杉本」

七尾は呟いた。

なんという若い声だろうと思った。

あのジャングルの洞窟でかわした、杉本との会話の一部始終が甦った。

七尾はしばし呆然とした。

網戸からの夜風を吸いこむ。そうだった。自分はまだ見に行っていない――。

「古入道」

古入道。長門渓谷。老婆。牡丹餅。夏は夜船。

そうだった。見に行かなくては。生きているうちに。

もう仕事は退職していた。時間はたくさんあった。


七尾は身支度をした。

バックパックと寝袋と、地形図を買った。

妻に数日間旅行に行くと告げ、家をでた。妻はきょとんとした顔をしていた。

妻を連れていってもよかったが、古入道は、杉本の話にでてくる老婆の言によれば、一人でないと見られないのだ。なんにせよ個人的な旅行だった。

新幹線に乗り、鈍行列車に乗り換えた。駅に下りると夜になったので、旅館に泊まり、翌日にバスに乗った。

バスは細く静かな山村の道を進んだ。

長門渓谷前のバス停で降りたのは、七尾一人だった。

長門渓谷はひっそりと静まりかえっていた。閉店して廃屋（はいおく）となったレストハウスの脇を通り、山道に入っていく。

おそらく老婆の民家はもうないだろうと思いながら、目星をつけた場所を探してみたが、やはり見つからなかった。

山肌にぼろぼろの廃屋が建っているのが目についたが、そこに至る道は消えていたし、そこが件（くだん）の場所ともわからなかった。

七尾は杖（つえ）をつきながら、見晴らしのよい場所を目指した。

やがて森を抜けると、熊笹の草原が現れた。ここなら見えるはずだ。

満月の晩、熊笹の生い茂る丘の上で、七尾は、倒木に腰かける。

夜空に雲はない。月光が降り注いでいる。

下界の灯りは山に遮られて見えない。

まるでそこはいつか迷い込んだ夢の場所だった。

そして、七尾は、古入道が現れるのを、じっと息をひそめて待つ。

焼け野原コンティニュー

マダさんは焼け野原を歩いていた。

服は膝と肘に穴があき、泥に汚れていた。

建物のほとんどは焼け焦げ、瓦礫と化していた。

道はあったが、路面に瓦礫が散乱し、あちこちに死体が転がっていた。

死体には焦げて炭になった黒いものもあれば、焼けただれて蛆が湧いているものもあった。焼け野原全体に悪臭が漂っていた。

空は晴れ間がなく、低く垂れこめた厚い雲で覆われていた。

マダさんは、歩きながら、自分のことを考えていた。

記憶がないのである。

数時間前に焼け野原ではっと気がついた。そこからのスタートである。

自分が「マダ」という名であることはわかる。だが、マダは苗字か、名前か、愛称なのかわからなかった。

妻子がいるのか独身なのかもわからなかったし、何歳なのか、さ迷う前に何をしてきたのかもわからなかった。

何よりも、何故、周囲が焼け野原なのかわからないのが恐ろしかった。

「とにかく先に進むことだ。少しずつでもいい。やがて己の行くべき場所がわかるだろう」

マダさんは力なく呟(つぶや)いた。

焼け野原はどこまでも続いていた。

無傷の建築物はほとんど見なかった。

途中、トラックがひっくりかえっていた。

炭酸飲料が、数ダース散乱していた。

マダさんは飲料用に持てる限りのものを布で包(くる)むと、その場所を離れた。

そして、ドラム缶を見つけると、その上で、炭酸飲料を飲んだ。

炭酸飲料は冷えておらず、妙に甘ったるかった。

目下のところ、行く当てはなかった。

誰かと話したい、と思った。

少なくとも、今日になってから、生きた人間には出会っていなかった。

高台に登ってみた。

遠くに高層建築の廃墟が見える他は、地平の果てまで焼け野原だった。

じっと見ていると高層建築の廃墟のほうに閃光が見えた。

ビルとビルの間を、光の筋がうねうねと動いていた。

火災か、自然現象か、兵器が放つ光なのかよくわからない。

なんだろう？　あのうねる光は。

見ていると体の奥底が冷えるような気持ちになった。

ぽつぽつと雨が降ってきた。

マダさんは高台から下りるとドラム缶があったところまで戻った。

ドラム缶を、近くにある廃材で固定した。

そして入り口の部分から雨が吹き込まないように、廃材の看板をたてかけた。さらに薄汚れたカンバス地のシートも見つけたので、それを上からかけた。

中に潜りこんだ。

やがて豪雨となった。

「うまくやったぞ、うまくやった」

マダさんは呟いた。

湿気と汗で体はぬめっていたが、豪雨を避けたことが嬉しかった。

じっとしていると、眠くなってきた。

マダさんは静かに寝息をたてた。

廃墟をさ迷っている夢を見た。

夢から目を覚ますと、ドラム缶の中だった。

夜になっているようで暗くて寒かった。


雨音はやんでいたので、一度外に出てみた。

雲は去り、空には星が瞬(またた)いていた。あたりは冷たく暗く湿っていた。

小便をしてからドラム缶に戻った。

マダさんは頭の中で、当面の計画を思い描いた。

朝になったら衣食住の廃品あさりだ。

ライターだって、どこかにあるはずだ。使えるものを探して集めていこう。

そして、行くべき所に行かなくてはならない。

何かこう――目的地とすべき場所があるはずだ。

ふいに頭の中に、場違いな音楽が流れた。

数人の女の子がダンス調の曲の上で、〈キス〉だの〈放課後〉だの〈負けないで〉だのといった歌詞を歌っているイメージ。

今、頭の中に流れた音楽はなんだろう？

いわゆるアイドル音楽だった——。少し遅れてグループ名も思い浮かんだが、縁遠さだけを感じた。記憶を失う前にそのグループが好きだったのだとも思えなかったので、まったくの無意味なものだった。

夜明け前から、マダさんはドラム缶を這い出て動き始めた。

独り言をいうようになった。

「かつて電灯が家庭に普及する前、近代化前は、日本人はみな早寝、早起きだった。太陽が沈んでほどなくして眠り、そう、たとえば七時半ぐらいにな。そして、明け方の四時半に起きる。それが普通だった。百姓が九割だったし、農作業もそのほうがやりやすいんだ」

もちろん、誰も聞いていなかった。

「朝はいつだって清々しい。寝ているのは人生の無駄なのだよ」

話していると少し落ち着いた。自分が話している内容やその知識をどこで得たのか考え、自分自身が何者なのかを探ろうとしたが、やはり記憶は戻ってこなかった。

やがて太陽が昇った。

片側二車線の舗装路などに出ると、中央分離帯のあたりが瓦礫も少なく歩きやすかったが、やたらに街灯やら電柱やらが倒れ道を塞いでいるので、いちいちよじ登って越えなくてはならなかった。

道路には大量の車がひっくりかえったり、ひしゃげた残骸になっていた。中は無人か、腐った死体が乗っているかのどちらかだった。

ふと振り向くと、渋滞した列の車中にいる骸骨が自分をじっと見ているような気がした。

途中割れた鏡の欠片を拾い、自分の顔を見た。

頬や額に煤がついた中年の男だった。

道には青い道路標識があり、マダさんはそれで自分の歩いている土地が杉並区というところだと知った。

「馴染みがある地名だ」

マダさんは呟いた。

都心に向かうか、郊外に向かうか、マダさんは考え、郊外に向かうことにした。

都心は災害時に生活しやすい場所とは思えなかったし、また昨日高層建築のあたりを、生き物のようにうねっていた光の筋が怖かったからだ。

大破壊の生き残りがいるなら、きっと郊外にいる気がしたし、自分の正体に関する情報も、都心よりは郊外にあるような気がした。

歩いていると、道路脇にテントが見えた。

三人用のダンロップの黄色いテントだった。

その脇には、ドラム缶や、水のボトルや、缶づめや、ビールのケースなどが若干整理された感じで並んでいた。

木製の頑丈そうな椅子とテーブルも出ていた。テーブルの上にはラジオが載っている。

マダさんはそこで足を止め、声をかけてみた。

「こんにちはあ」

返事はなかった。

そっとテントの前にいき、「ちょいとごめんなさい」といって中を覗いた。

誰もいなかった。マットと寝袋が見えた。

道路に座ってしばらく待った。

勝手に言葉がでてきた。

「それでは全部死んだというのかね？　あのアイドルたちもかね？　母も子も、教師も生徒も、上司も部下も、総理大臣も、新聞記者も全部かね？　サッカー選手もかね？　そして私の記憶は、思い出は、みな悪魔がもっていったということなのかね？　ならば、何をしても無駄で、〈トカトントン〉が聞こえてきてやる気を失うのではないかね？」

マダさんは一息ついた。

〈トカトントン〉という言葉がどこからでてきたのか全くわからなかったし、文脈上正しい用法なのかもわからなかった。

道の向こうから、テントの主（あるじ）らしき人物がやってきた。

マダさんは口を噤（つぐ）んだ。

中年の女だった。

両手に大きな鞄（かばん）を持っており、バックパックを背負っていた。

「はあ。こんにちは」中年女は警戒しつつも、マダさんのそばにくると鞄をおろした。

「うはあ、重い、重い、もうやんなっちゃってえ。ねえ、こんなひどいのはぁもぉ」

最後のほうが尻（しり）すぼみに消えた。

「テントがあったから」

マダさんはテントを指差していった。

ようやく人に会えたことが震えるほど嬉しかった。

「やっと人に会えた」

「よく生きていましたねえ」

おばさんはいった。

「ええ、本当に」

おばさんは椅子を勧めた。マダさんは腰を下ろした。

それから沈黙がおりた。

「死んだ方が良かったかね？　あたしゃ死んだ方が良かったと思うよ」

おばさんはぼそりといった。

マダさんは答えなかった。あまり賛成したくなかった。

「私はね、そこのデパートの衣料品売り場で働いていて、本当偶然なんだよ、助かったの。すぐに外に飛び出して、転がってきた鉄製のゴミ箱の中に隠れたんだ」

マダさんはずっと疑問に思っていたことを口にした。

「いったい、何が起こってこんな焼け野原になってしまったんですか？」

「何が起こって……？　そのとき、あなたが見たまんまでしょう？」

「いや、私は記憶がないんです」

マダさんは話した。気がついたら焼け野原をとぼとぼと歩いていたこと。記憶喪失になっていること。

「そうか。それは難儀だけど、まあ何もかも壊れて死んじまったんだから、ある意味それは幸せかもしれないねえ。そりゃあねえ。もう世界の終わりですからね」

「ええ」

「ただほら、ここら商店街だったでしょう？　登山用品店のあった場所にいけば、まだ使えるテントが見つかりましたし、食べ物もね、そのうち腐っちゃうでしょうけど、でもまあパスタみたいなものならかき集められるね」

そんな話より質問の答えが知りたいのだ。

何が起きてこうなったのか。

マダさんは遮るようにいった。

「空襲……ですか」

「さあ？　空襲……」おばさんは目を瞬いた。

「大地震」

おばさんは首を横に振った。

マダさんは困惑した。

「何が起こったのか知りたいんです」

少し沈黙があった。

「私だってわかりませんよ。だってほら、いきなりドカーン、ズバーンでしょ」

「では、この大破壊は何日前に起こったんですか？」

「二十日ぐらい前の朝。へえ、あんた、それもわからないの」

二十日間？　昨日はドラム缶のなかだった。その前日の記憶はない。

　では二十日も自分は何をしていたのだ？

　気を失っていた――？

　いや、人間は水なしでは二十日も生きられないはずだが。

「ラジオを置いているけど、何の放送も入りやしない。テレビもやっていないし。でもね、空を見ているわけですよ。だってこんな災害になったら、空を何か飛ぶでしょう」

「ヘリコプターが」

「そうそう。最初は飛んでたんですよ。でもね、もうこない。一機も現れやしない。プラズマドラゴンが全部ぶち壊してしまったかもね」

「プラズマドラゴン？」

「はあ」

「プラズマドラゴンってのはなんですか？」

「空から、ふってきたのを、私はそう呼んでいるんですけどね」

　なかなか、じれったい会話だった。何か知っているなら、わかるように順序立てて、全てを教えて欲しかった。

　おばさんはあまり積極的には話さなかったが、マダさんが質問するとそれには答えた。

　まとめればこういう話だった。

二十日前の午前中、空は妙に曇っていた。

分厚い灰色の雲が東京上空にあり、「スーパーセル」だの「豪雨の前兆」だのと噂されていた。

ピシャリ、と閃光が発し、雲から黄色に輝くものがおりてきた。

稲妻ではなかった。

それは細長く、輝く蛇のようにも龍のようにも見えた。

大きさは十両編成の新幹線ぐらいか。

これがおばさんのいうところの「プラズマドラゴン」である。

空からふってきたプラズマドラゴンが高層ビルに触れた瞬間、高層ビルは発光し、燃え上がった。それから凄まじい黒煙があがった。

プラズマドラゴンは道路に落ちた。

落ちた道路には車が列になって信号待ちをしていたが、プラズマドラゴンが触れるなり、爆発、炎上した。

それからプラズマドラゴンはうねりながら炎と爆発を巻き起こしていった。

触れたものは即座に爆発したり、崩壊したりする。破壊の化身のようなものだった。

一匹ではなかった。

灰色の雲からは、次から次へとプラズマドラゴンが降下していった。

そして奴らは全てを破壊してしまった。

マダさんは昨日、都心の高層ビル街のほうで目撃したうねる輝きを思い出した。

「疑っているわけではないが、おかしな部分がある」マダさんはいった。「おばさんは、このあたりのゴミ箱に隠れていたんでしょう。そんなビルの崩壊などを目撃できたとは考えられない」

「いや、そうだね。その通りだ。あんた記憶以外はしっかりしているんだね。まあ、ある程度想像で補って話してはいるよ。ただ、プラズマドラゴンが町を破壊したのは本当だ。現実に町は破壊されているだろう？　昨日、この道を二十人ほどの集団が郊外に向かって歩いていったが、そのとき彼らと話したんだ。何人もが巨大な細長い輝くものを目撃している」

マダさんは頷いた。

「なるほど。生き残りの集団がいたのか、その話も聞きたい。他に何か知っていることとありますか？」

「あんた、情報は無料だと思っているのかい？」

切り替えスイッチでも入ったかのように、おばさんの態度が冷淡になった。

「無料、いや、その」

「あたしの情報は有料だ。何かと交換だ。そうじゃなきゃ話せない」

マダさんは呆然とした。

「交換とは、たとえば。何ももっていないが」

「食料でもなんでも拾ってきな。歩けるんだろう？　ほら、缶づめでもパスタでもあっちのほうにスーパーの瓦礫があるから、まだ明るいうちに拾えるものを拾ってきな」

それを情報の代金にしてやるから。

「あたしはもう疲れたんだよ。へとへとなんだ。もう寝たいんだよ。さあ、もう後にしてくれ。あっちいきな」

マダさんはおばさんに謝罪と礼をいい、立ち上がった。

これ以上この場にいると、逆上したおばさんに暴力でもふるわれかねなかった。

ふらふらと歩いた。

確かに——スーパーの跡などで、何か拾って集めておくことは最重要だ。

一人になると、また独り言が喉からでてきた。

「宇宙人が侵略してきたとしよう。よく映画などでは、宇宙船が上空に現れて、戦闘が行われる。むろんあれは映画だからだ。普通に考えれば、外宇宙から旅をするような存在だ。姿なんぞ現さないで、人類が手だしのできない宇宙空間から、地球の都市を壊滅させるビームを放ったり、人類を死滅させるウイルスを撃ち込めばいいのではないかね。

そして人類があらかた滅びてから初めて姿を現せばいい。今起こっていることはつまり――」

プラズマドラゴンとやらは、人類の数を大幅に減らすための、宇宙からの攻撃なのではないか。

「自然災害なのか、人類を攻撃する意志による破壊なのかは、都市以外の部分にどんな被害があったのかでわかる。プラズマドラゴンの破壊が森林、山岳にほとんど及んでおらず、東京にのみ集中しているのならそれは東京に向けた破壊の意志があるということだ」

マダさんはそこで言葉をとめた。果たして東京だけなのか？　大阪は？　ソウルは？　ニューヨークは？　いや待て、森林や山岳を無差別に破壊する〈意志〉だって充分にありえるのではないか。地球外知的生命体は森や山は破壊しないとなぜいえるのか。地球外と決めつけるのもどうなんだ？　意志のある自然災害というケースは？

マダさんは少し弱々しく続けた。

「何にせよ、情報があちこちで交換されれば、すぐにわかる話だ」

崩壊した衣料品店があった。ダウンジャケットを見つけて早速着た。

電柱が突き刺さって半壊したコンビニエンスストアがあった。

俺は未来が怖い、とマダさんは思った。この先いいことなんか一つもない気がする。

マダさんが中に入ろうとすると、屋根から瓦礫が崩れ落ちてきてマダさんの頭に直撃した。

マダさんは倒れた。


マダさんが目覚めたのは深夜だった。

目を開くと空に銀河が見えた。

やがて銀河が消えた。

星がどんどん少なくなり、空が白み始める。

マダさんは朝まで仰向け（あおむ）けに寝ていた。

マダさんはこれまでの全てを忘れていた。

ドラム缶のなかで寝て、ここまで歩いてきたことも、テントのおばさんに出会ったことも、プラズマドラゴンだのなんだのの話も。

ただ、やはり名前がマダというのはおぼえていた。

そのため、マダさんは最初に立ちあがったときと同じように呆然とした。

「ここはどこだ？　俺は誰だ？」

どうも頭を強く打った記憶がある。どんな状況でどのように打ったのかはわからなかった。

「頭を強く打ち、記憶を失ったのか」

マダさんはぼそりといった。

不意に脳内で、二十年も前のゲームセンターで遊んでいる子供が見えた。

その子供はマダさんに笑いかけると、「まだ百円あるから、コンティニューしようよ」といった。ゲームは縦スクロールシューティングゲームで、画面に〈GAME OVER：Continue?〉という文字がでている。その横では数字のカウント。

記憶の断片だろうか。それならば、この子供はかつての友人か。そうだという気も、そうではないという気もする。

マダさんはいろいろ考えたが、結局その映像から何か他の記憶が甦ることはなかった。

道路のあちこちには相変わらず、無数の死体が転がっていたが、その中に警官の制服姿のものが三体いた。

警官の一人は、一体何に発砲したのか、拳銃を握っている。

マダさんは、拳銃を拾いあげた。

数時間の散策で、新しい服に、靴、ザックにたくさんの缶づめやら、飲料水を手に入れることができた。

大きな通りを目指して歩くと、テントの前におばさんが倒れているのを発見した。一日前に話したおばさんだったが、マダさんは記憶を失っていたので、テントのおばさんに微かな既視感をおぼえもしたが、特に気に留めなかった。

おばさんは息があるように見えなかった。

〈可哀そうに〉という感情も湧いてこなかった。可哀そうなのは今ここに一人で立っている自分のような気がした。

マダさんは、念のために声をかけてみて返事がないのを確認すると、「もらいますよ」といって、黄色いテントの近くにあった、おばさんが集めたのであろう水のペットボトルや、ナイフその他を失敬した。

何があったというのか。

マダさんは思った。

さきほどのおばさんもそうだが、死体のなかには外傷のないものも多い。これはどういうことなのだろう。

「破壊のおかげで、たとえば毒ガスだのがあちこちで発生していることは考えられる。

その毒ガスの塊が風で漂ってきて」

マダさんは呟いた。

〈死の風〉とでもいうようなものが焼け野原を巡っていて、それに遭遇すると抵抗できずにばたばたと死んでいくのではないか。

「なんにせよ危険だ」

今すぐ都市を離れなくてはとマダさんは思った。

夜になると、北の空が赤かった。

再び火災が起こっているのかもしれない。

そして、おそらくは十キロほど先の空を二匹の雷の蛇がのたくっているのが見えた。遠方のため、謎の光体は、蚯蚓(みみず)か何かのように見えた。

「プラズマ、ドラゴン?」

ふとマダさんは呟いた。

「なぜ名を知っている?」

誰かがあれをそう呼んでいたからではないのか。

「誰の言葉だ? 記憶を失う前に聞いた言葉なのか?」

その日はテントのなかで寝袋に包(くる)まって寝た。

夜明けが訪れた。

マダさんはテントを畳むと、二丁の銃をホルスターに収め身につけ、ザックを背負い歩きはじめた。道路標識によれば杉並区から府中(ふちゅう)まできていた。

なんとなく馴染みがある土地のような気がした。たとえば崩れたイタリアンレストランの看板の店名や、十字路の交差点の名前などが、「見たことがある」気がした。

相変わらずの独り言を呟き続けた。

「疑似記憶というのは厄介だ。実家は和風の家ではなかったのに、なぜか縁側があって風鈴があって、畳の部屋で子供時代を過ごしたような記憶があったりな。メディアなどからいつの間にかイメージが刷り込まれてしまうんだ」

バックパックを背負ったまま道路に倒れている集団がいた。

みな登山靴を履いていた。

若い女もいれば、中年の男もいる。

腐乱していない。テントのおばさんと同じで、ごく最近死んでいる——身動きしているものはいなかったので、一人ずつ触って死亡を確かめた。外傷は見当たらなかった。

「死の風か」

それにあったらお終いなのだ。

だが、お終いでも別にいい気がした。

「なんで俺は生きているのだ？」

何かに生かされている――超自然的な何かに。

「錯覚だ」

リヤカーが近くに三つほどあり、荷物が積まれていた。

マダさんはリヤカーの一つをいただくと、それを引いて歩き始めた。

「誰もが自分を特別だと思い、自分だけは不死だと思い、そして最後には、平凡に他のみなと同じように死ぬ。ウイルスにたった今感染したのかもしれんぞ。死体を触ったから」

マダさんは乾いた笑い声をあげた。あげながら思った。だがそれでいいのだ。それの何が悪い？

日が傾いていった。

ピンクの滑り台がある公園にテントを張った。妙にその滑り台が気になった。どこかで見たことがある気がする。

ザックを背負い、周辺の偵察にでた。

やがて暗くなった。

そろそろ公園に戻ろうかというところで、灯(あか)りが見えた。

瓦礫のなかである。

焚火(たきび)の炎だった。

周囲に黒い人影が見えた。

妙な胸騒ぎがした。

マダさんはそれまでずっと、日本の外交の在り方について独り言を呟いていたのだが、それをやめると、そろりそろりと近づいていった。

数人が炎を囲んでいた。

一人はカーキ色の軍服らしきものを着た骸骨だった。

魔女のような帽子を被(かぶ)った、背の高い老婆もいた。ひしゃげた鼻に、やたらに大きな目をしていた。

もう一人は嘴(くちばし)をもった異形だった。円いボタンのような目だった。絣(かすり)の着物を着ていた。

彼らの足元には生首が転がっていた。どうも大きさからして子供の生首に見えた。

マダさんは暗がりから様子を見ながら、ごくりと唾(つば)を呑(の)んだ。

嘴の異形の隣には少女が椅子に座っていた。少女の顔が炎に照らされた途端に、マダさんは、思わず声をあげた。

「サッキ？」

妖怪たちが、ぎろりとこちらに顔を向けた。

次の瞬間、彼らはかき消えた。

マダさんはもう一度呼んだ。

「サツキ」

記憶が甦った。


サツキはマダさんの七歳の一人娘だった。

小学二年生だった。将来なりたいものは、大人数のアイドルグループの一員で、車で何処かに行くとなると、カーステレオでそのグループの曲をかけることを要求した。

幼い頃は、ピンクの滑り台がある公園で、よく一緒に遊んだものだ。

そしてマダさんは高校の国語の教師だった。

その朝、サツキは元気に学校に向かった。家には妻がいた。そしてマダさんもまた勤務先の高校に出かけていった。

妙な雲がでていた。

黒く、分厚く、何かよからぬものをためこんでいるようだった。

授業の最中に外から、かつて聞いたこともない凄まじい轟音が鳴り響き、生徒たちが騒いでわっと窓に寄った。

まだ二時限目だった。

マダさんも何事かと窓に寄った。

教室のある三階のテラスからは、駅前通りが見えた。

信じられない光景だった。

続く轟音と共に、電車、屋根、車、自動販売機が、紙クズのように空に吹きあがっていたのだ。

黒煙もあがっていた。

——特殊爆弾か？

マダさんは呆然としながら思った。

落下していくオレンジ色の列車。

その次に、ぱっと発光した。

あたりが日蝕のように暗くなると、衝撃波がきた。

大きな力がマダさんを反対側の壁まで吹き飛ばした。おそらく数分間気を失った。

目を開くと、折り重なった生徒たちのなかにいた。

薄暗かった。

教室の電気は消えていて、机も椅子も全てが滅茶苦茶になっていた。

外からは生暖かい風がごうごうと吹きこんでいた。得体の知れない轟音が響いていた。

ふらふらと立ち上がり、テラスから外を覗くと、住宅街が火の海になっていた。

サツキ。

マダさんは娘の身を案じた。

マダさんは家から電車で四駅先の高校で教鞭をとっており、サツキの通う小学校はすぐ近くではなかった。

マダさんは動ける生徒に、教室で待っているよう指示をだし、動けない生徒は床に並べた。呻き声や、泣き声が聞こえていた。

起きている生徒はみなスマートフォンをだしていた。

マダさんが職員室に行くと、教員が慌ただしく出入りしていた。女性教員が近寄ってきていった。教頭は意識不明の重体だという。

体育館の様子を確認するため、マダさんは一人で校庭にでた。

地響きがした。

マダさんは思わず地面に伏せた。

顔をあげると、校舎が煙をあげながら、そのままぼろぼろと崩壊していくところだった。

何が起こったのかわからない。ミサイルか何かを撃ち込まれたのだと思った。

マダさんは這いながら、より安全であろう校庭の中央を目指した。

マダさんはほんの一時間前の平穏な授業風景を思いだし、呻いた。妻とサツキ、さらには教室にいたであろう生徒たちのことを考えると体が空っぽになってしまったように足元がふらついた。

急に眩しい光を浴びた。

見上げれば校庭に、ぎらぎらと光る巨大な長いものが空からおりてくるところだった。

あちこちから放電し、サッカーボール大の火花を放っていた。列車ほどの大きさのものは、マダさんと数メートルの距離を挟んで対峙した。

雷の大蛇だと思った。

ぬうっと、新幹線ほどの大きな蛇の頭が眼前に迫った。

横によけたつもりだったが、マダさんの全身は炎を発した。何も見えなくなり喉が猛烈な痛みを感じ、そこで意識が途切れた。

——俺は死んだのだ。そして復活した。

「サツキ」とマダさんは叫んだ。

だがサツキの姿もまたかき消えていた。

目の前には焚火の炎がある。

いや、焚火ではなく、瓦礫が自然発火しているだけだった。

そして炎が照らす周囲には、数十の死体が折り重なっていた。多くは子供だった。教員と思われる者もいた。

マダさんは思った。

記憶喪失でいながら、潜在意識は道路標識などから位置を把握し、自分の足取りを自宅方向に向かわせていたのだ。

そして、ここはサツキの通う小学校近辺であり、彼らは最初の破壊を生き延び、みなで固まっていたのだ。ここに折り重なっている死体は、教師に誘導されている途中の——。

子供たちの遺体をかき分けると、サツキが見つかった。

月光に照らされた体操着に「真田(まだ)さつき」という名前が見えた。

もちろん娘は死んでいた。だが綺麗(きれい)な顔をしていた。見つかって良かったと思った。

妖怪たちはおまえの娘がここにいるぞと教えてくれたのかもしれない。

死因はわからなかった。昼に見た集団を殺した〈死の風〉に遭遇したのだ。

マダさんはまず最初に手を合わせた。

喉もとから、サツキ、サツキと娘の名が何度もでてきた。

娘を埋葬しようにも難しかった。一帯が瓦礫の山であり、埋葬できる場所などなかった。

このぶんでは妻もおそらく死んでいるにちがいなかった。

記憶など甦らせるのではなかった。

マダさんは声をあげて泣いた。

サツキをきっかけに、断片があわさってパズルが完成するように全てを思い出していた。

確認しようがないが、およそ三回は死んだ。

校庭でプラズマドラゴンにやられたのが一度目。記憶を失った状態で復活し、さ迷った。二度目は焼け野原で爆発に巻き込まれた。やはり記憶を失い、復活した。三度目はコンビニエンスストアの中に入ろうとしたとき頭上から降ってきた瓦礫にぶつかり死んだ。

なぜ何度も復活するのか、その理由はわからない。

復活するたびに、記憶を失う。
マダさんは、ザックから紙とペンをだした。
そこに素早く書きこむ。
そして紙をザックに戻すと、サツキに別れをいった。
「永遠に大好きだよ、サツキ。さよなら」
マダさんはホルスターから銃を抜くと、安全装置を外し、こめかみに当てた。
ほとんど躊躇いもなく引き金を引いた。

マダさんは死に、記憶は再びばらばらになって霧散した。
今回は復活までに十七日間が過ぎた。

男は目を覚ました。
空は青かった。
焼け野原には草が生えていた。
体の節々が痛かった。
——俺は誰だ？
何もおぼえていなかった。

自分の名前もわからなかった。

手には拳銃を握っており、足元には子供の骨があった。

この骨はなんだろう。大切なもののような気が微かにしたが、無造作に地面に散らばっている骨が大切なはずもない。

ここはどこだ？　なぜ屋外で寝ている？　俺は何故拳銃を握っているのだ？

立ち上がると、地平の果てまで、瓦礫の大地が広がっているのが見えた。

ザックを開くと二つ折りになった手紙が入っていた。


記憶のない男よ。失われた過去を探るな。おまえは悪事に手を染めず、愛に満ちたいい人生を送った。もうそれだけでいい。

すぐここを離れ、どこか遠い安全な土地を目指せ。

前だけ見て進め。

遠い未来で、必ずおまえを待つものがいる。がんばれ。希望を捨てるな。


「なんじゃこりゃ」男はしげしげと文面を眺めた。明らかに今の己に向けた言葉だ。

希望を捨てるな──か。いったい誰がこんなものを……。何か知っているならば教えてくれればいいのに。

ため息をつく。

「とにかくまずは進むことだ。少しずつでもいい。いつかは行くべき場所がわかる」

男は手紙をザックに戻し、呟いた。

そして踏みだした。

白昼夢の森の少女

1

こんにちは。

ええ、いい日和で。

私ね、今、久しぶりに目が覚めたところなんですよ。

何年ぶりか、何十年ぶりか。いいえ、ちっともわかりません。暦のない世界ですから。

私の目はもう開きませんが、あなたは若い男の方ね。匂いでわかります。

あら、お話をしにきたの？

いいですよ。もちろん。

でも、何の話を……。

ここのはじまりですか？

おぼえています。はい。確かに、もうここに、はじまりからいる人はほとんどいませんものね。ええ、私は、古の存在。はじまりの記憶をもっていますよ。

八月の満月の夜、音もなく、その現象は起こりました。

かつてここは山間の小さな町でした。

あちこちの庭で、公園で、住宅街の裏の墓地で、蔓がするすると伸びていったのです。

蔦はアスファルトの道を歩いていた野良猫を絡め取ると、続けて、排水溝から顔をだした鼠を絡め取り、そのまま四方に分岐しました。

いいえ、見たわけではありません。でも見たのと同じようにわかるのです。

公園に一人の酔漢がいました。

彼はベンチで鼾をかいていましたが、するすると蔦はズボンの裾から中に入っていきました。

蔦は男を絡め取ると、住宅地に向かい、電柱へ、樹木へ、あるいは民家の壁へといくつにも分岐して伸びていきました。

これがはじまりの夜です。

朝目を覚ましたとき、私は蔦の中にいました。

蔦は絡まりあい、あちこちに伸び、私の身体の中にも管のように入っていきました。

叫びましたね。

三階建ての賃貸アパートに母と二人で暮らしていたんですよ。二階の部屋で。十四歳でした。家から五キロ先の中学校に通っていました。

その朝、部屋には私しかいなかったんですね。母親は、二十五キロ離れた町の酒場で夜の仕事をしていました。朝になっても帰ってこないことが多くて、その日もね。

父ですか？　父は、私が生まれた頃から出奔していませんでした。

腕にくっついた蔦を引っ張ってみたんですが、完全に皮膚の奥深くに根をはっており、剝がれませんでした。

私はしばらくじっとしていました。

お腹は減りませんし、喉も渇きません。

やがて慌ただしく玄関のドアを開く音がしました。母の叫び声が聞こえました。

母が部屋に入って来ていいました。

「あっいた。ミエ。何があったの？」

「わからないよ」

「町中がジャングルになっているよ。あんた、なんでこんなことになってるの」

母は救急車を呼ぼうとしましたけど、電話は繫がりませんでした。

携帯電話？　いや、そんなもののない時代ですよ。固定電話でかけたんです。電気は通じていました。

「蔦から切りとってあげるから逃げよう」

「切りとらないで」

「なんで？」

「下手に切りとられたら、私、死んじゃうような気がする」

直感でした。

今思えば、このとき、間違えて切っていたら、今もう私はここにいませんね。

私たちは、とりあえず蔦には何もせずに、自宅で救助を待つことに決めました。

ヘリコプターが飛んでいる音がずっとしていました。バタバタとした音が近づいたり、遠ざかったり。

それからスピーカーでね、何やら呼びかけているのが聞こえていました。もう五分おきぐらいですよ。住民の方に特別避難警報がでています。速やかに町の外に避難をしてください、とか。

私は自宅で耳を澄ませていました。母は隣で疲れて眠っていました。

声がね、するんですよ。頭の中に。

「助けてくれえ」とか、「なんなんだいったい」とか。

すぐに気がつきましたけど、蔦が、同じように絡んでいる人と思考を繋げてしまっているんですね。

隣の部屋の独居老人が同じように蔦に絡め取られているのがわかりましたし、下の部屋の若い夫婦が両方とも蔦に絡まれていることもわかりました。更には町のあちこちで蔦に囚われた人のこともわかりました。

蔦のおかげで他人の様子がわかるんです。

そりゃあ、最初はびっくりしましたし、嫌といえば、嫌でしたね。十四歳の女の子ですからね、知らないおじさんなんかと思考を繋げたくないですし。

かれこれ町を覆い尽くした蔦で総勢百名以上が繋がっていたと思います。

最初は助けてとか、大変だ、とかだったのが、やがて、お互いを気遣う台詞に変わっていきました。

(大丈夫ですか)

蔦を通して会話ができるということも、このときわかりました。

(大丈夫じゃないですよ。お宅は)

(私も大丈夫じゃないです。動けない)

声といいましたが、現実の、喉からだした音が空気を震わせたものとは違います。

言語が意識の波長になって伝わってくる感じです。年齢、性別、漠然とわかるけど、はっきりはしません。むしろ、相手の緊張や、怒りや、恐怖、あるいは楽しいとき、嬉(うれ)しいときの沸き立った感情なんかは、声よりもよく伝わりましたね。

更にね、蔦で繋がっている人の視野も手にいれられました。

自分がね、見ていないものが見えるの。

私は、部屋の中にいながらにして、北の山脈も、郵便局の前の通りも、五百メートル離れた民家の屋根の上も見えました。独居老人の部屋も、若い夫婦の部屋も見えました。

それはもう不思議な体験でしたよ。これまでの人生では決して持ちえなかった視野で、目がいきなり、二十個も、四十個も増えたようなものだもの。

二つか三つぐらいまでなら、同時に見ることもできましたが、同時に見ると、酔ったようになり、脳がものすごく疲れました。視点を切り替えながらあちこちを見ました。

他の人たちも、同じですから、私の部屋を見ていたと思いますよ。

そんなわけで、午後にやってきた救助隊も見えました。

防護服を着た何もわかっていない集団でした。

まず最初に彼らは火炎放射器で蔦を焼きながら進み、それから、町の入り口を塞(ふさ)ぐ植物を鋏(はさみ)でジョキジョキと切り開いて中に入ってきました。

公園の蔦に絡まっている男の前に立ちました。

「大丈夫ですか」防護服の隊員がききます。

「大丈夫です」男は答えます。

「何があったんですか」

「いやね、この先の家のクーラー修理でこっちにきていたんですが、酔っぱらって公園で寝てしまって、朝になったらこんな風になっていたんです」

「今、助けます」

「いや、別にいいです」

隊員の訝しげな視線。私は部屋ではらはらとしながら、男の目を通して、全てを見ていました。

そうなんだよ、別にいいんだよ、と、男と同じく私も思いました。

「自分は、このままでいいんです」

「いいってことはないでしょう」

救助隊の隊長が部下に合図しました。

「あ、オイ、駄目ですって」

やめて、やめて、やめて！　私は叫びました。大きな鋏で、蔦がジョキン、ジョキン、と切られていきます。痛みこそないですが、何か物凄く不安な気持ちになりました。喪失感みたいなものも感じました。

案の定というか、よく調べもせずにね、やるもんだから……。

後で知りましたけど、このときの男は公園で担架に乗せられたときはまだ元気でしたが、救急車の中では、あの植物の中に戻してくれ、と訴えはじめ、麓の病院では荒い呼吸で、力がでない、力が抜けていくと訴え、いったん眠るとそのまま死んだそうです。

その日、他に救助された者たちも同様に死にました。いや、あんな杜撰なやり方、救助じゃないですよね。「駄目」といっているのに強引にやったわけですから、知らなかったとはいえ、殺人に近いような気がします。

蔦に囚われた者は、蔦から切り離すと、死んでしまう。とにかく、このときその事実が誰にもはっきりしたわけです。

午後遅くにはこの状態にも慣れてきて、私たちはひそひそと、おしゃべりに興じていました。

(何人か連れ去られましたねえ)

誰かがいいました。下の階の若い夫婦かもしれません。

(乱雑に扱いやがって。大丈夫かな。公園のクーラー修理の人とか)

（感覚的にわかるが、死んだんじゃないか）

（人間どもめ）

（私たちも人間でしょう）

（もう違うだろう。たぶん）

（この先は植物として生きるということさ）

（楽でいい）

（楽かどうかまだわかんないじゃん。意外にきついかもよ？）

それらの言葉は、誰かの言葉でありながら、自分の脳内の独り言のようにも感じました。

（しかし、一晩で蔦が攻めてきたよな。なんでこんなことが起こったんだろう。前代未聞だ）

（ふむ。突然変異というやつだ）

（アサガオか何かの？）

（去年の夏、酷暑で、北の山脈の万年雪が溶けたとニュースになったろう）

（なった、なった。温暖化でな。五万年前から溶けたことのない氷河？　だったっけか）

（仮説だがね。あのとき、氷の中に眠っていた特殊な植物の種子が流れ出た。たとえば人類出現以前に繁茂していた植物のものだ。それが川に流れて、魚の腹に入り、その魚を鳥が食べ、鳥の糞と共にこの町に落ちた。まずは発芽し、地中に根を張り、蝉のように地下で待ち、昨日の夜、一斉に地上侵攻を開始した）

（あんた誰だね）

（ただのSF好きの農家の男だよ）

（佐藤さんかね。佐藤修平さんでは？　仮説だがね、と断って推理する口調がそっくり）

（その通り私は佐藤修平だが、もうその名は捨てた。今や、私は君たちの一部。元佐藤修平さ）

（佐藤さん、俺、赤松だよ。今どこー！）

（自分ちの庭だよ）

（別に名前を捨てなくてもよかろう）

（みんなで一つといいたかっただけさ）

（そうだな）（そうだね）（その通り）

私もいいました。

（もう寂しくない）

でもいった後、自分がいったのか、隣の独居老人がいったのか、佐藤修平がいったのか、よくわからなくなってしまいましたね。私らの会話っていつもそんな感じなんですよ。

(何かがきたんだよ)

誰かがいいました。

(仮説でいいなら、わしゃ、そう感じる。昨日の晩、何かがきたんだ)

私ね、それをきいて、そうだ、と思いました。

姿なき緑の神様が、やってきたんです。その神様はこの地に居座り、この地の理を変えた。本当にね、それが一番しっくりくる説明でした。

母は、救助がくるまでの数時間、私と一緒にいましたけど、やってきた救助隊に、とりあえずあなたは避難してといわれて、渋々と部屋を去ることになりました。蔦にやられなかった人たち、無事逃げた人たちは町から離れた旅館や公民館、仮設住宅に逃げていたのね。

当時の蔦の状況ですか?

蔦は上に、下に、水平に、細長い虫のようにくねりながら伸びて、五日ほどで、町を覆う、円形のドームのような形状に生長しました。

不思議ねえ。

綺麗な、お椀の形状ですよ。

ジャングルドームと呼ばれていましたね。蔦は伸びていく段階で、太くなってね、網目をつくって。

この一連の現象は「緑禍（りょくか）」と名付けられました。

周囲はフェンスで封鎖され、監視員のいるゲートを通らないと中に入れないようになって。

やがて蔦の生育は通常に戻り、植物がこれ以上人を襲う様子はない、と判断されると、研究機関や、許可をとった取材記者、元居住者とその関係者に限って出入りできるようになりました。

そうなったら、もう私ら、見世物ですよ。

あの頃は連日のように、都市から取材班がやってきていました。

マイクを持ったレポーターに、テレビカメラね。みんな一様に、大丈夫ですか、と、いかにも心配そうな顔を作ってきくんですよ。いつか、ここから出られますので、希望を持ってとかいうんですね。

「私はこのままずっとここにいることを望みます」

と、みんな答えていたと思います。

「解放されたい、とは特に思っていません。もう半分は植物なので、別の存在だと思ってください」

　でもね、いってもわからないのね。いうと、ほほお、ははあ、とわかったような顔をするんだけど、結局翌日には新しい人がきて、大変でしょう、辛(つら)いでしょうとか、救助がどうとかそういう話をするんですよ。

　ただその頃は、全国から差しいれなんかもいただいて。蔦の栄養で生きているんで、飲食物なんかはもらっても食べられませんけど、いろいろ面白いものもあってね、本とか手紙とか。ありがたかったです。文通もしたなあ。全国のみなさんと。数えていないですけど、五千通ぐらいやりとりしましたよ。あの頃はめーるとかぱそこんなどというものはなくて手紙文化なの。で、みんな緑禍の人とやたらと文通したがっていたわよ。ただ本は、普通に娯楽や知識欲を満たしたいのに、植物図鑑や、宗教書ばかりくるのには少し困惑しましたねえ。

　私たちが、緑人(りょくじん)と呼ばれはじめたのもその頃ですね。

　当時はね、人間界で、私たち緑人の〈放置しておいてほしい〉という願いが議論を呼んでいました。

　小うるさい首つっ込みやで、わけ知り顔でモノ申すってのがいるんですよ。ええ、はい。

税金を払わない、働かない、教育も受けない、は国民の三大義務の放棄であり、死んだら死体はそこに放置は、人間であれば法に触れる生き方である、とこうですよ。

いやねえ、なんだかね、人生は税金を払うために存在すると考えているのかしらね。自分たちのルールだけが全てで、ズルをされたと思ったり、こっそり抜けられたと思ったら、もうカンカン。別にね、私たちが自然であることで、あなたたちが損をするってわけでもないのにね。

2

ずっとここにいましたよ。

単純なものがまずあってね。それが時間の経過と共に、どんどん乱雑になっていくのが、自然法則なのね。

まあ、植物と動物がいたら、時間というものがある限り、絵のようにずっとそのままではいないわけですね。植物はもうどんどんどん生育してジャングルになって、動物は喰い散らかして糞をして、喰い散らかして糞をして、喰い散らかして糞をして（ああ、汚くてごめんなさい）毛を落として、子供を産んで、死体になって、と、世界はどんどんめったためたの、ぐっちゃぐちゃになっていくの。

ほんの数ヶ月で町は薄暗い蔦の森になっていました。

何か花瓶を引っくり返したように大きなエネルギーが、無秩序にぶちまけられて、混沌（こんとん）がどんどん進行していく。

あの頃はそんな感じでした。

アスファルトの道路はめこめこに割れて、コンクリートのブロック塀は穴だらけになって、虫が湧いたり。

母は週に一度やってきました。受付で、許可をとってからこの緑の町に入ってくるのですね。付き添いのスタッフと一緒に現れ、本やパズルや、筆記用具やら（ほら、文通用の）もってきてくれました。部屋の掃除をしてくれたり、鼠がこないように、殺鼠（さっそ）剤を通路に撒（ま）いたりしてくれていたわね。

それから数人の同級生と担任の先生がやってきました。中学校は町の外にあって、生徒のほとんども運良く緑禍を免れていたんです。

彼らは私の植物化した部分に触れたりしながら、ぺちゃくちゃと学校その他のとるにたらない話をして、帰っていきました。

彼らがした下らない笑い話、今でもおぼえてますよ。

また別に、親友と恋人が、揃ってお見舞いにやってきました。

恋人いたのかって？　いましたよ。シゲルというんですけどね。スマートで、スポーツが得意な男の子なんだけど、何より彼は意地の悪いところがなかった。苛めをしたりしないの。さりげなく弱い子を庇ってあげたりするような男の子なの。高校も同じところに行こうと思っていた。クラスでも人気の男の子だったんで、まあいつもやきもきしてましたけどね。

親友はカズハ。人間だった時はいっつも一緒にいましたね。トイレから何から全部一緒。もうべたべたでしたね。

二人がお見舞いにきたときのことも、細部まで全部おぼえてる。

「ほら、二人つきあってるんだから、絶対お見舞いにいかなきゃって、あたしがシゲルの尻をひっぱたいて連れてきたの」

部屋にきたカズハはいうんですね。まるでシゲルは自分一人ではお見舞いにはこなかったとでもいうように。

「ありがとう」

「シゲルう、ちゃんとミエを励ませよお」カズハはいってシゲルの背中を叩きました。

「おう」とかシゲルはいって、明らかに緊張していて、何を口にしたらいいかわからない感じだった。

「彼氏と親友が揃ってきてくれて、本当に嬉しいよ。ありがとう」

私がいうと、カズハの顔に、一瞬、何かいいたげな、ひどく後ろめたいような表情が浮かんだんですよ。あの表情なんだったんだろう。まっいいか。なんでも。けどね、それはすぐに消え、満面の笑みを浮かべてね、

「ごめ〜ん。本当はお見舞いもっとずっとはやくこようと思っていたんだよ」

それで笑みがくしゃっと崩れてその瞳（ひとみ）に涙が浮かぶの。

「ふえ〜ん。ミエが学校にこないから寂しいよう」

とかいって、私の手を握るのね。さすが私の親友、可愛いわあ、と思いましたね。細い首。短いスカートはいて、髪はいい匂いして。えぐ、えぐ、と嗚咽（おえつ）するの。シゲルはどうしたらいいかわからず、カズハの後ろでじっとしていた。シゲルのそういう正直なところが好き。

「私の姿って痛々しい？」

好奇心できいてみたんですけど、シゲルは緊張したまま口を開かないし、カズハもまた返答に困って気まずくなっちゃって。

ほら、私の彼氏を連れてきてくれたんだから、シゲルと二人きりにさせてくれるかなって思ったんだけど——普通、しますよね。ちょっと席を外す的なこと——意外なところで気が利かないのよね、カズハって。なぜかそれはしないでね、またくるねっとかいって二人で帰っていきましたね。

結局二人とも、もうきてくれなかったけど。

まあ、人間の社会はいろいろ忙しいから、仕方ないね。受験とか部活とかなんとかあるから。

とにかくそれが、人間界最後の風景かな。

私は、二人のことが大好き。

シゲルとカズハのこと、思い出すたびに、私、十四歳の女の子に戻るのよ。

今はもうね、二人ともいないでしょうけど、一緒に過ごした数年間が永遠になる。

それが十代という時間かもね。

あの夢を見たのは、ちょうど二人がお見舞いにきた頃だった。

美しい南の島で暮らす夢。

真っ白なホテルがあって、朝起きると、好きなだけ朝食が食べられるの。蜂蜜のかかったトーストや、マンゴーや、メロンやオレンジ。

緑人になると食事をとれなくなるのだけど、その夢の世界でだけ、好きなだけ味わえるのね。

ホテルの前には、サンゴ礁の海が広がっているの。海の先には塔のような岩が見えていた。毎日することはたくさんあるんだけど、何もないともいえる。

ホテルには私以外にも顔なじみの宿泊客がいるのね。

グランドピアノが置かれた一階の広間には、葉巻を片手に本を読んでいるおじさんや、ソファにもたれてぼんやりしている青年、おしゃべりに興じている三人組の若い女の人とか。

これは唯(ただ)の夢じゃないな、と思ったんで、

「ここはどこなんですか？」葉巻のおじさんにきいてみたんです。

「天国だろ」なんて答えが返ってきて。

ヴァイオリンを片手に持った眼鏡をかけた男がやってきて、

「お嬢ちゃん、ここは緑禍にやられた人の共同の場所だ。私たちはみんな、お嬢ちゃんと同じ町の人だよ。この島とホテルは、私たちの共有の夢なんだよ」

と教えてくれました。

「緑禍の犠牲者は、このあいだきいた記者からきいたが、四百名ほどだ。さらにその中で、死亡、消滅したものが約二百名、現在、おおむね二百名ほどの意識が混ざりあい、この共有夢を作りあげている」

「どうして南の島なの？」

「理由はわからない。安楽のイメージや、南のホテルで暮らしたことのある緑人の記憶やなんかから選択されたものだと思うよ。もっとも南の島じゃない場所もあるよ。

このホテルから歩けば世界は変わる」

私はホテルの外にでました。

夢といってもね、これがなかなかどうして、わかりませんよ。夢だなんて。紫外線が肌を焼き、足の裏に砂がつくのですもの。百合の花の匂いがした。ホテルの端にある蔦のはった煉瓦(れんが)の壁を撫(な)でてみると、ざらざらした感触があるの。

これが現実ではない——ということが今ひとつぴんとこなかった。

そもそも現実とは何なのか。

でもね、壁伝いにずうっと歩いて、さっと角を曲がると、そこは荒れ果てた自分の部屋だった。

南の島だったのに。いつのまにか、私は壁にはりつけられたような恰好(かっこう)の現実に戻っていて。不思議でしたねえ。

それからは、こちらの世界とあちらの世界を行き来しました。

3

お母さん、よく遊びにきてくれたなあ。

私ね、十四歳の少女だった頃はね、世界で一番大切だったのは、シゲルとカズハだったんですよね。

お母さんは、小うるさいし、こういってはなんだけど、大切じゃないわけじゃないけど、一番じゃなかった。

でも、こんな風になったとき、シゲルとカズハは一回きただけで、もうこなくなったけど、お母さんは、ほんとしょっちゅうくるのよ。

「お母さん退屈じゃない？」

「お母さんは平気。あなたはどうなの」

とか、荒れ果てた部屋を掃除して、花とか飾って、編み物しながらいうの。

「大丈夫よ。夢で遊んでいるの」

私は共有夢のことを話しました。

「そこはいい場所？」

「すごく」

私が夢の話をすると、お母さんは熱心に聞いてくれた。

「お母さんも、そこに行こうかしら？ お母さんね、今、じっとあなたが赤ちゃんだった頃のこととか、ひとつひとつ思い出していたの。蔦は、もう人を襲わないのかしら？」

レポーターが毎日のように現れていた頃、しつこいほどにされた質問ですよ。緑禍の日以来、蔦は新たに人を襲っていない。なぜ襲わないのか。

その答えは私にも他の誰にもよくわかっていませんでした。蔦が人間を取り込んだ時点で、蔦は人間の意識の影響を受け、人の意識が同類の人を襲わないようにさせているのだ、という説があったね。

「襲われたいの？」

「だって」お母さんはいった。「あなたがいってしまったら、私はもう何もないもの」

本気でこんなことといったのよ。お母さん。

いくらでも男の人を作って恋愛でもなんでもして、自分の人生を楽しんでよ、と思った。

お見舞いにやってくるお母さんに何事も起こらないように、研究施設のスタッフが外で待っているの。蔦がお母さんを捕らえれば、世の中は大騒ぎになるでしょう。

今もって禍々しくて危険な場所なのだ、と世間に印象づけてしまう。

仮にできたとしても、仲間は増やしちゃいけないって私たちは思っていました。

「お母さんはこちらにきては駄目」

私はいいました。

今、考えればね、こっちにきたってよかったんだよ。あの頃はね、まだいろいろ今と違っていたんだね。私の心も、世の中の風潮も。

「でも、大好き。ありがとう」

やがてお母さんが面会にくる回数は減っていった。

いつまでも仮設住宅にいるわけにはいかないし、ジャングルドームから離れた都会で働きはじめたからね。

たまに遊びにくるお母さんは、心なしか生き生きとしていた。

私ね、寂しくなかったの。

夢の中で南の島で遊び、目が覚めれば、蔦で繋がった誰かの意識と会話した。

日々は穏やかで快適だったのね。

私のもともとの身体は薄暗い建物の中にいるけれど、私は、太陽を感じることも、空を眺めることも、風を感じることも、鳥たちと戯れることも、雨を浴びることもできたのだもの。

夢の島で暮らす時間が長くなっていくと、曜日も日付も溶けて消えてしまったよう。

砂時計を引っくり返して、さあ、開始、と立ち上がり、その時間、何かをするのが人生。砂時計を放り投げて、うたた寝するのが緑人。

冬になると町を覆った植物の葉は、紅く染まって散りました。

でもまた春になると芽吹きました。

　共有夢の世界は不思議よ。

　南のホテルと、その周辺がただあるわけじゃないの。

　歩いているとね、植木の迷路みたいなところになったり、夕暮れの雪道になったり、春の畦道になったり、賑やかなお祭りの雑踏になったり、桜吹雪の丘になったり、どんどん脈絡なく景色が変わるのよ。夢だからね。

　ひとつひとつの風景にはいろんな人がいるの。緑人かもしれないし、緑人の脳が産んだ幻の人かもしれない。

　たぶん最初は小さな世界だったんだろうけど、それが花開いたというか、どんどん大きく成長しているようだった。膨張していく夢の宇宙。

隅田川の花火も見たし、エッフェル塔にも登ったわ。

　恋もしたよ。

　ま、その話はしないけどね。

　ある日、私呼ばれたんですよ。

　で、目を開くと、灰色のジャケットを着た男がパイプ椅子に座っていました。男の隣に箱があったの。

その男が、いうのよ。

「あなたのお母さんが亡くなりました。骨をここに、という強い希望なので、骨壺をこの部屋に置かせていただきます」

ああ、この箱の中に、骨壺が、と思うと私ね、なんだかすごく不思議な気持ちになってさ。

「いったいどれほどの時間が過ぎたの？」

ときいた。

灰色のジャケットの男はこう答えた。

「この町が緑禍にあってから、でしょうか？　現在は二〇一八年。あなたが緑禍にあったのは八八年ですから、そろそろ三十年が経ちます」

いきなり三十年といわれてもねえ。

人間と緑人では、時間の感覚が異なっているんでしょうけど、私にとっては、全てはついこのあいだのことなのよ。

私は、十四歳のはずなのに、実は四十四歳だなんてねえ。

ふと、カズハとシゲルのことを思い出しました。彼らも今は結婚していたり子供がいたりする、いわゆる大人――二人のそんな姿、想像できなかった。

お母さんの骨が入っている小さな箱を見て、何かいおうとして、お母さん大好き、お母さん、ありがとう、お母さんに何も孝行できなくてごめん、という言葉が私の中に溢れてきて、次の瞬間、涙がぽろぽろと出て、何も考えられなくなったの。

灰色の男の人は、私が泣いている間、しばらくそこにいてくれた。


あの子にあったのは、お母さんの骨がきてから、少し後のことね。

ホテルから少し離れた浜辺を散策していたときね。

湾で釣りをしている見慣れぬ青年がいたのよ。黒い服に、黒い鍔のある帽子を被っていた。

「釣れる？」

黒服の青年はびくりと身体を震わせた。警戒心も露わに私を見るの。青年っていっていいのかしらね、少年ともいえる感じだったな。高校一年生か、二年生ぐらいの雰囲気。

私はホテルからきたと自己紹介をしたんだけど、その子喋らないのよね。

「どこに住んでいるの？」ときくと、じっと黙って。

「緑禍の人よね？　まさか違うの？」

緑禍の緑人以外が、ここにいる可能性もなくはないと思っていました。

だって、共有夢の世界がどうなっているのか、よくわからないのよ。

果てがあるのかどうかとか。本当にこれはみなの共有意識が作りだしたものなのかとか、緑人どうしでよく話題にするんだけど全部謎。共有夢に繋がっている、私たちとは違う領域——そこをなんといったらいいのかわからないのだけど、異次元？　異界？　そういうところからこの夢に入ってきた人がいたっておかしくないもの。

「どこからきたの？」

その子は、私の視線から顔を逸らし、釣り道具をしまうと、だまって歩きだした。後は追いませんでした。

「お目覚めですか」

目を開くと二人組の男がいました。

一人は若く、一人は中年だった。スーツを着ていた。

「刑事みたい」

私が笑うと、

「刑事です」

と中年のほうが答えましたね。名刺をだしてきたけど、もう私の手は動かないから、受け取れなかった。

きけば、人捜しにここにきたそうなんです。

二人は次のようなことをいいました。

我々が捜しているのは、東沢現一（ひがしさわげんいち）という青年です。現在二十二歳になります。二年前に、彼はいわゆる痴情のもつれというやつで、交際相手だった二十歳（はたち）の女と、アルバイト先が同じだった二十四歳の男を殺しています。深夜の牛丼屋で、三万円を奪って逃走して逃亡の途中で強盗を一件やっています。

います。

その後、ほとんど手がかりもなかったのですが、つい最近、覚せい剤取締法違反で東京にいた女を逮捕したところ、その女が東沢と去年まで一緒に行動をしていたというのです。

女の証言によると、どうも彼は最後に、この緑禍の町を目指そうとしていたようです。

女の証言に基づいて、麓の宿をあたったところ、去年の夏頃に東沢らしき若い男が何日も一人で宿泊していたのをつきとめました。

緑禍の町は、研究施設で申請をしなければ、中には入れませんけれども、フェンスを越えたり、山側からロープをおろすなど、不法侵入する手立てはいくらでもあります。

「つまり、その犯人さんが緑禍の町に不法侵入している――ジャングルドーム内にいるというのですか」

驚きましたね。

「犯人に、〈さん〉はいりません。その可能性が高いと思います。殺人で手配された逃亡者は、自殺を試みることが多い。半ば自殺するような感覚で、ここを最後の逃げ場所に選んだのではないかと我々は思っています」

刑事は写真をとりだして見せてくれました。ぼさぼさの髪の若い男が写っていて、見た瞬間、ああ、あの子だ、と思いました。黒服の青年。

「でも、その人はなんでここに」

「あなたたちに関する書籍はかなりの数がでています。いくつかはベストセラーになっている。なかにはスピリチュアル的なコンセプトで書かれたものもあります。あなたたちは、身体の自由を失いながらも、平和で、争いもなく、心を濁らすこともなく、労働もなく、お金の概念もなく、更には孤独でもなく、みんなで、夢の中にある桃源郷のようなところで遊んでいるとか。本当か嘘かはともかく、東沢はその種の本を読んで、影響を受けたのではないでしょうか」

それで、私、きいたんですよ。

「私に何ができるんですか」って。

そうしたら、「捜査の協力をお願いしたいのです」と刑事がいうの。

「緑人たち特有のネットワークおよび、視野の広さで、東沢現一が、ジャングルドームのどこかにいないか捜していただきたい。また共有夢のほうでも、該当の人物とおぼしきものがいるかいないか、捜索していただきたいのです。密林を闇雲に切り開いても埒があかない」

どこからか声がしました。

（刑事を侮るな）

複数の気配を感じます。

ああ、はいはい、みんな私に注目しているのね、と内心苦笑しました。

「もし、夢で、お捜しの人に出会ったら、どうしますか？」

刑事は真面目な顔でいいました。

「我々は彼から話を聞かなくてはなりません。密林のどこにいるのか、肉体の場所がわかれば、後は逮捕」そして、嫌な笑いを浮かべました。「もしも共有夢で、東沢に会ったらお伝えください。いくら夢に逃げようとも、日本の警察は逃がさない、とね」

共有夢のなかで、一度会った人に再び会えるのかどうか。

これはね、緑人どうしだったら会えるんですね。そこは現実と違うんですよ。何しろ相手と意識が繋がっていることで成り立っている夢ですから。

どこの誰かもわからない人は、偶然巡りあうしかないですが、知っている人は、その人のことを考えながら――そうね、辿っていく、という表現が一番ぴったりですね。たとえば、Aさんが桜の小道を歩いているとするでしょう。私がホテルをでて、Aさんに会いたい、Aさんに会いたい、と念じながら闇雲に歩くと、私の歩く道はAさんがいる方向になるの。いずれは桜の小道になってAさんの姿を見つけるの。

4

歩きました。

東沢現一君、このあいだの黒服君。会いたい、会いたいって念じながら。

南の砂浜から、人気のない住宅街。多島海を見下ろす坂の上の御寺、ピンクの花が咲く雨上がりの野原。満月の夜の尾根道。

いろいろ景色が変わって、最後に辿り着いたのは、山の上の家です。

ログハウスが建っており、ポーチに黒服の青年が座っていました。

「何しにきた？」

青年は私にききました。

「刑事がきたからさ」

私は説明しました。

もう刑事のもってきた写真を見ていますし、彼に言い逃れはできません。

「ここは緑人じゃないと入れない世界だよ。どうやって緑人になったの？」

「自分で手と首を切って、蔦を差しこんだ。最初は死にかけたけど、死ぬ寸前で融合した」

ちょっとまあ、言葉にできない感情をおぼえました。私にとって「外の世界」というのは未練と諦めのいり混じった失われた世界なわけです。悪口いうわけじゃないけど、まあここに比べれば、乱雑で悪意に満ちているところ。同時に、華やかで刺激的なところ。

彼は全てを捨てて、命がけでこちらにきたのです。雨に濡れた仔犬のようなところもあり、守ってあげたい気にもなりました。

「話しなよ」私は促しました。でも彼は、

「いいよ、話さないよ。もうどっかいけよ」なんて、拗ねるんですね。

そこで私、いってやったんです。

「シゲルの息子は、困ったちゃんだね」

「え？」

もう、彼はびっくりしていました。

え？　何の話かって？　あれ、話してませんでした？

ああ、そう。それは悪かったわね。私の中学時代の恋人の名前は、東沢滋。滋養の滋です。

刑事が東沢っていったとき、はっとしました。あら、逃げこんだ犯罪者って、シゲルと苗字同じだわって。それでよく見ると、面影があるんです。ああ、これはこれは、まさかことによると……と思ったのね。

「親父を、知ってるの？」

かまかけたんですけど、ああ、やっぱりと笑いました。

「私はね、あなたのお父さんと仲が良かったの。東沢滋君と。昔ね」

「昔っていつだよ」

「十四歳のとき。そう。だから、悪いようにはしない。味方だと思って」

「緑人のことを初めて知ったのは親父からだった。緑禍の町には同級生がいるんだぞみたいなことといってたけど」

「それ私だから」

「まさか、君は何歳？」

「あなたのお父さんと同じ歳よ。ここでは永遠に十四歳かもね。あなたのお父さんは今、どこに住んでいるの？」

「東京。ぼくが生まれる頃にはもう東京だった」

少しずつ打ち解けてきて、しばらくすると、現一君から事件のことをききだせました。

気が滅入る話なんですよ。まあ、聞いたままを話しますがね、こんな感じです。

「バイト先にちょっと威張ったかんじの先輩がいたんだ。四歳年上で。そいつはぼくを苛めていた。仕事がのろい、口のきき方がなっていないぐらいは当たり前で、服の趣味が悪いとからかったり、頭が悪いと馬鹿にしたり。でも一方、ぼくの家に遊びにきたり、一緒に呑みに誘ったりしてくれる人でもあった。ある日、そいつは、ぼくの彼女とやったと、にやにや笑いながらいった」

「ぼくと彼女は同棲していた。先輩を交えて三人で酒を飲んだりすることもあったんで、お互い顔は知っていた」

「彼女に問いただしたら本当だった。ぼくは彼女と別れることになった。だが、彼女は厭だといった。意味のわからないことをごちゃごちゃいって、私の浮気を咎めるなら、まずは自分を改める的な逆ギレをしてきた。その後、ぐちゃぐちゃに揉めた。なんというか相手が疲れるまで理不尽をわめいて揉めれば、それで有耶無耶になって、全部自分に都合がよいようにいくと考えているようだった。きんきん声でまくしたてるんだ。どんどん嫌いになっていった。というか、最初からあまり好きではなかった」

「ぼくは彼女に二十万貸していた。別れる前に返せというと、くれた約束のはずで、借りていないといいはじめた。実はもともとあまり信用しておらず、借用書を書かせていたんだ。その借用書を引っ張り出して見せると、別れるならあなたのせいで貴重な自分の時間を無駄にしたので、慰謝料として返さなくていい、とか、これまで私としたセックスを全部風俗にいったとして、お金に換算すると三百万以上になるからそれを請求するとか、開き直って滅茶苦茶なことをいいはじめた。彼女はその間も浮気を続行していた」

「喧嘩になると彼女は家をでていく。そしてぼくの嫌いな先輩のところにいく。そのまま消えてくれればいいんだけど、何故か数日すると戻ってくる。もちろんぼくはバイトはとうにやめていて、その先輩とも顔を合わさなくなっていた」

「いつのまにか二十万は返さない上に、さらに百万円の慰謝料をぼくが払わなくてはならないという話を繰り返すようになった。ぎゃあぎゃあ、きんきん声で毎日わめかれた。繰り返しだ。何度も何度も」

「アパートをどちらが出ていくかで言い争った。部屋を借りた名義人はぼくだ。敷金や礼金だってぼくが払った。当時のぼくは、浮気した彼女が出ていくのが筋だと思い、そこは譲れなかった」

「あるとき、アパートに先輩と彼女の二人がいた。彼女はこれからセックスするから、あんたはその間、どっかいっていてよ、みたいなことを堂々といいはじめた。先輩は煙草を吸いながらゲームをしていた。自分の家のように」

「家賃は折半していた。だから、そこは半分は彼女のアパートといえなくもない。あなたとは別れたんで、自分の家で何をしようと私の勝手でしょ。彼女はそう主張した。だから……だから……黙って出ていったんだ」

「そして新しいアパートを借りたんだ。いろんなことを清算した。二十万は諦めた。あの酷い女とこれで縁が切れるのだから仕方がないと思うことにした。別れが酷かっただけでなく、つきあっている時だって、充分すぎるほど醜悪なことがいくつもあったんだ。縁が切れたと思うと、正直ほっとした」

「でも新居に引っ越してから一ヶ月が経った頃、縁が切れたはずの先輩と元彼女がやってきたんだ。おお、遊びにきたぞお、と。新居の場所は教えていなかったけど、あちこち電話して調べたんだと思う。何故きたのか？　きっとからかってやったら面白い、と思ったんだろう。苛めっ子が苛められっ子を追い詰めるのに執拗になる心理に似ているかもしれない。二人を部屋にあげたよ。『ほら前のアパートにおまえの忘れものがあったからさあ、届けにきたんだよ』先輩は様子を窺うような目で段ボールを放り投げた。タオルとか、古本とか、ピザソースとか、ゴミとか、どうでもいいものしか入っていなかった。『あ、そうそう。あと、おまえ百万慰謝料いつ払うのって』ぼくはまっすぐ刃物をとって、脅しも何もなく——ざくざくと、十秒ほどの間のことさ。血塗れの先輩の顔を踏んで、呆気にとられている彼女に馬乗りになった。彼女は、命乞いをしたよ。お金はいいから、二十万を返すからとか、あなたを愛しているとかいいはじめたんだけど、もう止まらなかったんだ。勢いがつきすぎて。我に返ってから自首を考えたが、無理だった。死刑だと思った。一日考えて、逃げることにした」

「逃げて、逃げて、行き詰まったら自殺するつもりだった。話はこれで終わりだ。金に困って、牛丼屋で強盗をしたりして、あちこち転々として、ヤク中の女に世話になったりしながら結局死に切れずにここにきた。昔親父にきいた話でおぼえていて」

なんとも言葉のでない、うんざりしてくる話でしょう。

私ね、殺人は悪いことってのはわかっていますけれどね、いつだって殺した側が一番悪いんだってことも。でも、どうしてか、殺人犯のシゲルの息子に肩入れしてしまったんです。

辛かったろう、嫌だったろうって。

話しているうちに、一瞬、周囲の風景が、彼の住んでいたアパートの情景に変わったり、その先輩の顔やらが、現れたりするのが、また嫌だったわね。風景に一瞬でも影響を与えるぐらい強い感情なのよ。

「殺人犯はここにいられない？」最後はもう彼は泣いていました。

「私たちには誰かを追いだすことなんかできない」私はいいました。私たちはひと繋がりの植物なんだから。

5

「どうでしたか。東沢はいましたか？　あなたたちの共有夢に」

再訪した二人の刑事にきかれました。

「いいえ」私はいいました。「私の知る限りでは、いませんでした」

若い刑事はじっと私を見るのよ。本当にすごく嫌な感じの人。

「我々は東沢の肉体を発見しました。元小学校校舎の一階に彼の身体はありました」

びっしりと蔦に覆われた薄暗い建物のなかで、東沢は両手首と首筋に蔦が刺さっており、完全に緑禍に囚われていました。近くにナイフが落ちており、ここで自殺未遂に近いことをやったのだと推測できました。

東沢は手首と首を切り、自分で近くにあった蔦を接続したのです。

東沢の両目は小動物（無数の鳥が緑禍の町を根城にしていますし、鼠もいますから）に喰われたのか、失われており、暗い眼窩になっていました。指も数本を残して失われていました。また左足は膝から下がついていなかった。腐り落ちたのを、動物がもっていったのではないでしょうか。

彼は呼んでも目を覚ましませんでした。でも生きている。植物の力でしょう。心臓は一般的な成人男性の二十分の一の速度で動いていたし、脳波も確認したそうです。

「死刑になれば、彼の身体をここから引きはがすことになるでしょう」

（裁判なしに死刑になるように日本の法律はできていない。裁判はこのままでは無理）

誰かが私に囁きました。

刑事は続けます。

「後は、彼の精神です。肉体に戻ってこないのなら、共有夢にいるのでは、と考えているわけです」

私は黙っていました。部屋に沈黙が訪れました。若い方の刑事が、猫撫で声でいいます。

「彼には話すべきことがあるはずです。裁判で、全てを話せば――いや、何、本人の身体が言葉を発せられなくても、誰かを代理にたて、通信機器を設置するなどの方法はあるでしょう――あるいは死刑にはならないかもしれない。事件には動機や、犯行時の状況など、不明な点も多い。これは、彼のためであり、また、彼にできる唯一の償いであり、また彼の義務なのです」

私はしおらしく答えました。

「本当におっしゃる通りです。でも共有夢の世界は広いんです。彼が見つかったらまたお報せしたいと思います。ただ、ご存じでしょうが、縁人の全ての意識が共有夢にいるとは限らないのです。意識が消えてしまったものはたくさんいます」

「実は、あなた以外の縁人にも、聞き込みをしています」というから、「そうですか。なんといっていました？」ってすましてきいてやったの。

二人の刑事は私の表情を観察しながらいいました。

「それが、みな、知らないし、わからない、とのことでした」

東沢現一君をどうするか。

既に私の属するコミュニティ、南のホテルの面々で話しあいが行われておりました。あなたは被害者遺族のために、東沢現一君の代理をたてて、人間界の裁判で全てを話すべき、と思いますか？

そうですか。思いますか。でもね、おおむね警察は把握しているんですよ。彼の話は、むしろ被害者の不名誉となる下世話な話でしかない。社会は彼を晒し者にしたいだけです。更に東沢はもう一生、人間社会に復帰しないんです。

やはりあなたが話すべき、と思うのは、あなたが人間側だからなんでしょうねえ。

私たちは全員一致で、話す必要はない、と意見がまとまりましたがね。そうなったら、みんな団結して、同じことしかいいませんから。

現一君の意識の有無が重要なんです。共有夢に現一君の意識があるとなれば、彼は「生きている」とみなされ、裁判が行われ、おそらくは死刑判決。刑罰がどのように執行されるかはわからない。

共有夢に意識がないとすれば、彼は「昏睡状態」とされ、そこで訴追がとまる。結果的に死刑にならない可能性が高い。

私ね、刑事が嫌いなんです。はい。夢の中まで逃がさない、だなんて。自分にどんな権利があると思いこんでいるんだろうって。要するに、彼は亡命したのよ。国境を越えたの。法律は届かないの。私たちは、夢の中まで、ああせよ、こうせよ、奴を引き渡せ、なんて指図は受けないの。

私たちの勝ちでした。

読み通り、裁判は行われませんでした。東沢は、意識喪失状態とされ、書類送検で処理されました。

もっとも、この事件が、すぐ後の災いの主因となるわけですが。

なんですって？　東沢現一君のお母さんは、カズハかって？

さあ？

そんなことは知りませんよ。おぼえておりません。いえ、違うと思いますよ。母親はシゲルが東京で会った女の人じゃないですか？

地獄の日の炎の記憶ですか？

ありますよ。

私が長い眠りにつく、最後の日のことね。

共有夢にいました。

砂浜を歩いていたら落ちていた巻貝が声をだしたの。

「ねえ聞いてる？」

私は首を捻（ひね）りました。

「私ね、許せないの」

私は耳を澄ませました。これは何？　何で巻貝が喋っているの？

「あるところにひどい屑（くず）がいて、そいつが兄を殺したの」

ひどい話じゃない？

その屑は、現世で罪を償うのが厭で、ここに入ってあなたたちの仲間になった。そして毎日楽しい夢を見て暮らしている。

誰がどう見たって死刑でしょう。

でも、そうはならなかった。

意識がないからって。

誰がどう考えたって、そんなの理屈にあわないでしょう。

何の刑も執行されないというのよ。

もう死んでいるのとほとんど変わらないからって。

こんなひどい話ってないでしょう？

お兄ちゃんはかえってこないんだよ？

報われないよ。

それならば、と思って、灯油持ってきたんだ。私。

あなたは本当は笑っているんでしょう。

うまく逃げたと思っているんでしょう。

ここの化け物たちにかばってもらっているんでしょう。

それで、今あなたの前にいるの。

ねえ、聞こえてるんでしょ？

これでも夢から覚めないの？


「ちょっと待って」

私は叫んで、慌てて目を覚ましましたよ。

壁の全てが蔦に覆われた廃墟の部屋には、誰もいませんでした。

でも今の声は本物だという確信がありました。

おそらくは、両目が潰れた東沢の身体が拾った音に違いないんです。東沢の前に、彼が殺した先輩の妹がいるんです。忍びこんだのでしょう。

この声が、巻貝の声という形で私に届いたのは、音を拾った東沢現一君が、他の縁人たちも含めて、みなに報せたんだと思います。私たちは〈個々でありながらも一つ〉という複合生物。強く念じることでいろいろ伝達することができるので。

私は慌てながら意識をあちこちに飛ばしました。既に私以外の緑人もこの事態に気が付いていて、まさに意識の電話は混線状態。（やめろ）（やめてくれ）（誰かがあの娘と対話をしろ）（無理だ、近くに会話できる肉体がない）、あちこちで声が飛び交っていました。

最初にいったと思うんですが、私は自分の身体を、大きな大きな、町全体を覆うものとして把握しています。

たくさんの視野と感覚をもっている。

どこに誰がいるのかわかるし、どこで何が起こっているのかもわかる。

再び声が入りました。今度はもう放送のように、響き渡って聞こえました。

〈ねえ、灯油まみれだね。いい加減、目覚まして何かいわないと、火つけるよ〉

祈りました。やめてくれって。

〈あっそ。じゃあ、もういいや。ばいばい〉

あっと熱を感じました。

阿鼻叫喚がはじまりました。

私が感じたのは、私一人ぶんの恐怖じゃないの。緑人の世界ですから、二百人みんなの恐怖ですから。人間一人が感じる恐怖が二百倍にも増幅された——もう洪水とか、火山の噴火とかいったぐらいの恐怖ですから。

地獄を見たのよ。文字通りの。

あれほどの恐怖が地上にあるのだなんて、今でも思い出しただけで背筋が冷えます。

蔦をつたって、炎は手がつけられないほどに燃え広がって。

私たちは何もしていないのにね。

二百人ぐらいいた緑人を生きたままバーベキューですよ。

6

そのときの大火でね、緑禍の町は九割が燃えてしまったんです。

私も、死に近い眠りに入りました。

どうして私が生き残れたのかなんてわかりませんけど、当時の研究施設に近い位置にあったことやなんかで、炎がこちらに廻(まわ)らないように手を尽くしてくれたのかもしれませんね。

人が消える。

それをね、あなたたち人間は自分の身体ではないから、他人(ひと)ごととしてしか感じないけど、私たち緑人は自分のこととして感じるんですよ。

シゲルの息子が炎に包まれて消滅して、佐藤修平さんが消滅して、仲座健吾さんが消滅して、大塚学君が消滅してって、知り合い一人一人が消えていくのは、自分の身体の一部が失われていくのと同じ感覚なの。

拷問なんてもんじゃないですよ。身体がむしり取られていくことを想像してごらんなさいよ。

二十年ぐらいは意識喪失状態でした。

そうですか。

もうあれから百五十年も経つんですか。

まあ、正確に何年ってのは知らなかったですが、長い時間が過ぎたわねえ。

そうそう、火災の後、しばらくしてから、蔦は再び活性化したのね。

山火事の後、土壌が復活するのと同じく、更なる活力を得て。

眠っているのにわかるのかって、わかりますよ。死に近い眠りから、時々浮上するから。そのとき情報が入るからね。そしてまた眠りに戻るのだけどね。二十年ごとぐらいに起きては寝ての繰り返し。

東沢事件は、蔦を接続すれば、緑人になれるということを世間に知らしめてしまった。

次から次へとやってくる違法の緑人志願者を絡め取り、新しい緑禍の森は前の十倍の大きさになった。

一般人が個人的な理由で緑人になることは禁じられていたんですよ。それが、政府は一時期、規制を緩和した。つまるところ、難病や、末期治療の患者で、本人の強い希望があり、また家族の許可をとったものに限り、蔦に接続することを許可した。

私があるとき眠りから浮上したら、もう驚きよ。緑人の数がいきなり千人近くまで増えているのだもの。政府のこの森に対する対応も、完全に「人類の希少な宝を保護」みたいなものになっているし。森は国立公園になっているし。ジャングルドームは五つぐらいに増えて繋がっているし。

緑人になれば、多くの場合、病気の進行は止まり、苦痛は消滅して、そして健康な人間よりも長生きすると広まって、すぐに志願者が膨れ上がり、再び規制されたのよね。

私ね、森のあちこちに飛んでも、もう全部はとても把握できないの。森が広すぎて。ただ、自分が深い深い、森の奥にいるんだってことはわかる。

共有夢もね、千人超えた意識が層になって、もうとんでもない大きさになってしまったからね。中を歩いていると、迷うのよ。自分が何者なのかわからなくなるぐらいに。いろんな人の記憶や意識が、自分のなかに流れ込んでしまうから。

今こうしているのだって、実は夢の中の夢のようにも思えるの。次に目をこすったら、三時間目が終わったばかりのざわめく教室で、シゲルが、何寝てるんだよって、私の肩を叩いて。なんだか変な夢見たのって、カズハに話したりしてね。

まさかねえ。

本当はカズハもシゲルも全部私の記憶じゃなかったりしてね。

あなたはどこからきたのかしら？

こんなにも深い深い森の奥にいる私に、よく辿り着けたね。

なんだか不思議な気配。

あなたは本当に人間？

ねえ、私は目が見えないからわからないけれど、あなたは確かにそこにいるのよね？　そして、この話が終わると去っていくのね？

私もあなたとのおしゃべりが終わったらいくわ。

どこに？

そんなこと知らないわよ。

あら一緒に？　いいですとも。

銀の船

1

空を飛ぶ巨大な船がこの世界に存在すると、ずっと信じていた。

大きさは小さな島ぐらい。

その船は世界を巡っており、時折どこかで停泊する。

甲板には町がある。

その町にはたくさんの人が静かに暮らしている。

信じる理由は、何度も夢に見たから。

最初にその夢を見たのは、小学校二年生のときだった。巨大な船が町の上空にやってきて、友達が船に乗って去ってしまう夢だった。

また別のときには、自分がその船に乗る夢を見た。乗船券が家に送られて来るところからはじまり、いざ船に乗るところで夢から覚めた。夢の中の乗船券は、縦長の博物館のチケットのようなやつで、夢から覚めても、家のどこかに乗船券があるはず、と必死に探したりした。

それ以来、一定の間隔を置いて空を飛ぶ巨大な船の夢を見た。

私はその船のことを銀の船と呼んでいた。

子供の頃はいろんなことを信じていた。サンタクロースや、未来を映す深夜の三面鏡。年齢と共に、多くは信じなくなったが、銀の船だけは、かなり歳をとっても信じ続けていた。

中学一年生のときに、苛めにあった。

クラスにサエという女の子がいた。今考えれば、何らかのきっかけがあったのかもしれないが、それが何なのか私にはわからない。

サエと私はほんの十日ほどは仲が良かった。だが、そこからサエは反転した。

「男子のいる前では全然態度が違うの～」「同じ小学校の子にきいたけど、あいつ小学校では超嫌われていたんだって」「靴下がいつも一緒」「あの娘、外面はいいけど、陰口がひどいの。あなたの悪口もいってたよ」と、私が全くおぼえのないことや、事実でないことをどんどん広め、私を嫌な奴に仕立て上げていった。

ほどなくして、私の周囲にいた友人は、潮が引くように私から離れていった。

ある日、鞄を校庭の木の上に放り投げられたので、私は担任のカオリ先生に告げ口をした。

カオリ先生は、二十六歳の女教師だった。カオリ先生は、サエとそのグループを呼びだし、叱ってくれた。だが、翌日にはサエの母親が学校に怒鳴りこんできた。人伝にきいた話だが、サエの母親は暴力団のようなドスをきかせて〈うちの娘を悪者扱いして、性格が歪んだら、おめーどう責任をとるんや?〉と一時間以上まくしたてたという。

そして、サエのカオリ先生に対する執拗な攻撃もはじまった。

「ブス」「おばさん」「嘘つき」「臭い」「男好きで、男子生徒びいき」「授業は意味不明」「塾の先生に教え方完全負けてる」「教頭がうちの親と仲がいいからクビにしてもらおう」サエとその仲間たちは敵意を剝きだしにした。

六月のはじめには、はや学級崩壊。カオリ先生は心を病んだのか学校に来なくなってしまった。後はサエの天下だった。

彼女さえいなければ、どれだけ気楽に学校にいけるだろう。何度思ったかわからない。

しばらくは我慢して通っていたが、やがて私は絶望して学校にいかなくなった。

私は自宅の部屋で、窓の外を眺めた。そして机に突っ伏し想像した。

空を飛ぶ巨大な船がこないかな？

使者が私を迎えにこないかな？

そうしたら、私は「本当の私」を取り戻し、ねちねちした下界の有象無象を後にして、私が暮らすべき世界にいく。

学校にいけなくても、勉強だけは遅れてはならぬと母にいわれ、家庭教師をつけて自宅学習をした。でも、いつか船がくるなら、何のために勉強しているのかよくわからなくなる。中学校の勉強は船上でも役に立つのだろうか。

2

不登校の私をみかねた親が、勝手に青少年の自立支援プログラムに申し込んだ。

パンフレットによると、十三歳から十八歳までの引きこもりや、不登校の子が集まって、『自然と触れあうことで、心を鍛え、ボランティアの農作業などを通じて社会を学び、強い心を作るのが目的』なのだそうだ。西表島（いりおもてじま）で二ヶ月暮らすらしい。

冗談じゃないよ、絶対にいかないと反抗したが、結局は説き伏せられた。

車でスタッフが家まで迎えにきた。私は直前まで親といいあいをしていて、むっつり黙りこんでいたが、あれよあれよという間に、飛行機とフェリーを乗りついで島に到着してしまった。

　サトウキビ畑の中の沖縄古民家を想像していたが、コンクリートの四角い二階建ての家だった。

　庭があり、モモという名の雑種犬がいた。家主のおじさんと、教官、と呼ばれる四十代前後の大人の人、そしてセラピストの女の人がいた。

　十代の男女が八人いた。そこで私は松沢祥子（まつざわしょうこ）さんという十五歳の女の子に出会った。私より二歳年上だったが、年齢的な序列に関心がないらしく、「タメ口で、まっさんって呼んでいいから」といった。

　朝、五時半起床、布団を畳んで着替えると、庭で体操。その後、曜日毎に、割り当てられた仕事、家の掃除やボランティアの農作業をしてから、十時になったら一時間昼寝。十一時から学習時間。学習は誰が教えてくれるでもなく持ち込んだ教科書で自習だった。携帯、パソコンは持ち込み禁止。

「なまら、退屈」まっさんはいった。「なっちゃんがいて良かった。なっちゃんいなかったら絶対脱走してる」

「まっさんがいて私も良かったよ」

　三日に一度、セラピストさんと個人面談する時間があった。居間からみんながいなくなり、思っていることや、悩んでいることなどを話した。

私は、苛めにあったことは話したが、銀の船のことは、セラピストさんには話さなかった。何か病名をつけられたら嫌だと思ったのだ。

私は銀の船のことを、まっさんにだけ話した。

西表島の砂浜だった。私たち以外に誰もいなかった。

まっさんは、驚いたことになんと、銀の船のことを知っていた。

「それ、知ってる。私、見たことあるもん」

「どこで？」

「北海道で」

私、札幌に住んでいたんだけど、十月のはじめ頃、ちょうど初雪の少し前ぐらいに、車で叔父さんと道路を走っていたの。

丘がいくつもいくつも続く道。

その日はかなり雲の多い日だった。

前方の平原の向こうに巨大な船が浮かんでいた。

その頃の私は十歳かそこらで、石油タンカーとか、流氷とか、アメリカ合衆国とか、そういうものと同列に、銀の船があるのだと思った。

銀の船は、たとえばロシアとか、どこか他所の国からきているんだろうと。

「大きいね。飛行船だね」

私がいうと、叔父さんは陽気な口調で、「あの雲ね。船みたいだね」と返した。

雲じゃないだろうと思ったけど、叔父さんには雲に見えたのかもしれない。

船はずっとそこにいた。叔父さんの家に到着してからも、双眼鏡と自転車を借りて、近所の見晴らしのいいところに見に行った。そしてずっと双眼鏡をのぞいて船を観察した。

まあ、よくは見えなかったけど、船上に町があって、船べりには窓が並んでたな。

その晩は叔父さんの家に泊まったのね。

満月の夜だった。深夜に目が覚めて、窓から外を見たら、あの銀の船が月光を浴びてゆっくりこちらに向かってくるところだった。

無音で動くのよ、あれ。

なんか、凄く怖かった。

船は叔父さんの家のすぐ近くまできて、そのせいで月光が遮られてあたりは真っ暗闇になった。

それから、船は遠くにいってしまった。

少しほっとした。どんな人たちが乗っているんだろう、と思ったよ。

翌日札幌の港のほうにいったとき、電柱にビラが貼ってあるのが見えたの。

あの船の写真が載っているビラだった。なんて書いてあったかな。

『乗船者　募集』銀の船で旅立とう？　みたいな、そんな文句。あと二十万円。

「二十万円って？」私は口を挟んだ。

「わからない。確かなことじゃないけど。乗るのに二十万必要だって意味だと思った。乗船料？」

「そのビラ、今ある？」

「ない」

まっさんは、ばんざいをした。手首にリストカットのためらい傷がたくさん見えた。

「翌日には全部なくなっていた」

「他には何が書かれていた？」

「十九歳までって書いてあったな」

「二十歳になったらもう乗れないってこと？」

「たぶん、そうだと思う。詳しいことは子供だったからわからないし、もう、おぼえていないよ」

砂浜から道路に戻ると、ヤシガニがいた。ヤシガニは、殻のないヤドカリを巨大にしたような生物で、何あれ、と私たちは興奮してはしゃいだ。

私はまっさんの肩を叩いていった。

「さっきの船の話、秘密にして」

「わかった」まっさんはいった。「なっちゃん、船に乗りたい？」

「乗りたい。まっさんは」

「乗ってみたいけど、怖い」まっさんはいった。「ほとんど〈霊の船〉だし」

海亀の産卵を見たり、自転車で島内を一周したり、シュノーケリングをしたりといった遊びもあった。

二ヶ月間は、それなりに意味があったのではないかと思う。

私は莫大な勇気を持って、数ヶ月ぶりの校門をくぐり、中学二年生の四月から、クラスに復帰した。

家に戻ってもしばらくは五時に起きてしまい、そのぶんを勉強に割いていたら、いつのまにか授業に追いつき、追い越してしまった。

二年生は、サエとは別のクラスだった。私は一組で、サエは七組。大きく離れていた。廊下ですれ違うときもあったし、サエが一組に顔をだすこともあったが、その頃、サエは一年のときの女王の座からはおろされ、苛めの対象になっているようだった。

彼女の親友が裏切って別のグループに入り、孤立したらしいときいた。

満月の真夜中に、私はそっと家を抜け出し、空を眺めた。

今、銀の船はどこにいるのだろう。

いつか銀の船がきたときに私はきちんと乗れるのだろうか？

中学校は無事卒業し、高校は公立の普通科に進んだ。

3

まっさんとはずっと手紙をやりとりしていた。高校二年の夏に絵葉書を出したら、親御さんから死亡報告の葉書が戻ってきた。

『娘　松沢祥子は、七月七日に永眠しました』

定型文的な文章が印刷された葉書だった。下のほうにボールペンで「いろいろありがとうございました」と書かれていた。親が書いたのだろう。葬儀はもう終了していて、死因については書いていなかった。

私は呆然とした。

無論、まっさんと過ごした二ヶ月というのは短い期間だ。だが、その密度は、あまり馴染むこともなかった中学校のクラスメートよりもずっと濃かった。

同じ部屋で暮らし、一緒に掃除をし、農作業をし、風呂に入り、悩みを話し、星空を眺めた二ヶ月間なのだ。私にとってまっさんは特別な存在だった。

まっさんからの最後の手紙に、死の気配があっただろうかと思い、引っ張り出して読み返した。定時制高校の毎日を（まっさんは高校入学で一年足踏みをしていた）、明るく楽しく、適度にボケをかまして書いた手紙で、そこには何の影もなかった。

死んでしまった人にできることは何もなかった。

やがて私は銀の船のことを考えなくなった。

年齢と共に、さすがにありえない、と思いはじめたのだ。まっさんが北海道で見たという話も、単に私の妄想につきあってくれただけではないだろうか。かつての確信めいた銀の船に対する思いは、アニメや漫画や絵本や、飛行船や、ノアの箱舟やらがごっちゃになって、それが逃避願望や何かと組み合わさって、脳の中で再構築され、虚構を信じるようになってしまったのだと自己分析したりもした。

高校を卒業して短大にいった。短大でできた友人と、未成年ながら、夜の町でお酒を飲んだ。レーザー光線の眩しいダンスフロアのあるお店だった。そこで二人組の青年に声をかけられた。その晩、おしゃべりに興じているうちに、終電もなくなってしまった。友人と片方が去り、私は残ったもう一人に誘われるままに、ホテルに入ってしまった。普段は決してそんな軽はずみではないのだが、好みのタイプであったからというか、酔っていたというか、雰囲気にのまれたというか。

しばらくして生理がこなくなり、妊娠検査薬を試したら、妊娠していた。避妊具はつけていたが、途中で外れてしまったのだろう。

妊娠を知った二日後の夕方のことだ。私は電車に乗っていた。短大からの帰り道だった。

まだ親には妊娠について報せていなかった。

降りるべき駅を、わざと乗り過ごした。自宅に到着する前に、少し考える時間が欲しかった。

父親の名前も住所もわからない。相手が二十歳だといっていたのはおぼえている。一歳、二歳のさば読みはあるかもしれないが、明らかに言動は同世代だったから嘘はいっていないだろう。手掛かりはほぼそれだけだ。

産むか、産まないかは、今日、親と相談してから決めるが、まず、私はどうしたいのだろう。

産めば人生に相応の負担が生じることはわかる。短大は中退することになるか。さすがにこのケースでは、堕胎が得策かもしれない。だが、生まれてくる命を犠牲にしてまでやりたいことや目指していることがあるかといわれれば、何もない。考えると疲れる。ほとほと、どうしようもない。

車窓の向こうでは、夕暮れの住宅街が流れ去っていた。

ぼんやりと黄昏の風景を眺めていたら、それが目に入ったのだ。

だいぶ前から空想しなくなっていた銀の船だった。

住宅街の向こうに見える森の上空に、小さな町よりも大きい船形の物体が浮いている。

私は目を凝らした。

雲ではなかった。

ありえない、とわかっていた。とうの昔に私は幼い夢と訣別していたはずだった。

だがそれなら、あそこに浮かんでいるのは何なのだ？

私はすぐに次の駅で降りた。

ホームからも、船は見えた。

私はホームの人々を素早く観察した。スーツ姿のサラリーマンや、制服姿の高校生がいるが、誰ひとり空の巨大船に注目していない。

写真を撮っている人もいない。

見えていないのだ。

と、いうことは、あの巨大な船は私にだけ見える。つまり——あんなものが見えるほど、おかしくなってしまったということか、それとも——。

私は改札に向けて歩いた。

駅構内の掲示板にチラシが貼ってあった。

私はそのチラシを手にとった。

乗船者募集
時空船・BRIGADOON
7・20~7・25
永遠の旅に参加するもの。
19歳までの選ばれし方に限り、20万円で乗船できます。詳細は乗り場にて。

嘘だろう。

私はまじまじとチラシを見た。まっさんがかつて語ったのと細部は違うが、おおむね同じような文句だった。

チラシには、さきほどホームから見えていたのと同じ巨大な船のモノクロ写真と、乗り場の地図まであった。

数字は日付に違いなく、今日が最終日の七月二十五日だった。

乗り場は駅から二キロほど離れた公園だった。

私はタクシーに乗り、運転手に公園の名を告げた。


公園には芝生の広場があった。

空を見上げれば、やはり果てしなく巨大な浮遊物体の底部が見えていた。

――まっさん。本当だったよ。嘘つきじゃ、なかったんだね。

私は胸中で呟いた。

船の底から長い螺旋階段が、芝生の広場におりていた。船に近い部分は地上から離れすぎていて、糸のように見えた。

芝生の広場では、螺旋階段の入り口に、机が置かれ、黒いスーツを着た白髪の老人が座っていた。

私はあたりを見回した。もう暗くなっていて街灯が芝生を照らしていた。

こんなにも巨大な船がきているのに、乗り場にいるのは私だけのようだった。

「すみません」

私は老人に声をかけた。

「これは、あの、上空の飛行物体は、なんなんですか」

老人は頷いた。

「時空船ブリガドーンです。ここは、乗り場です」

沈黙が訪れた。時空船ブリガドーン、というのか。もっと何かきかなきゃ。

「みんな見えていないんですか？　どうして私しかここにいないの？」普通なら人だかりができているはずではないか。

「見えていないのでしょう。見える者はこの近辺ではあなただけだったということかもしれませんな」

「どうして私には見えるんですか？」

「いつかどこかで夢を見た。船の事を知っていた。そうではありませんかな？」

私はごくりと唾を呑んだ。

「それは、〈夢告〉と呼ばれるもので、それを見たものは、船の存在を知ります。そして船の存在を知った者には船が見える」

「それは、その、昔はそんな風にも思っていましたけど、まさか本当に」

「みな、お乗りになる方は、乗る前にそうおっしゃいます。幼い頃に夢を見た。年齢と共に、そういう船があるんだと思っていた。だが人にいっても笑われるだけだった。今日ここに立つまで、そんな船があるのだと次第に存在しないと思うようになった。

自分でも信じていなかった。とても驚いた。ええ、そうみなさんおっしゃいます」

「願ったから？　ですか……。いや、だってその、この船は私の人生と、どういう関係が」私の言葉はしどろもどろになったが、いわんとすべきことは老人に伝わったようだった。

「なるほど。あなたの長年の願いが通じて船がここに現れたのかどうか、と」老人はいった。「実のところ、願おうと、願わなかろうと時空船はあなたと無関係に存在し、たまたま、今晩はここに停泊した、というだけのことです。あなたを迎えに船が停泊したわけでもありません。おっしゃる意味はわかりますよ。これは運命か、と。あなたの主観として運命といってもいいですが、客観的には、宝くじと同じく、あなたが今日、船に遭遇したのは偶然といっていい。あなたと同じように、〈夢告〉を受けた人は、世界中に相当数います。でも、その九割九分は、結局死ぬまで本物には遭遇しないのですよ」

老人はそこで間を置いた。

「お乗りになりますか？」

「私、乗れるんですか？」

「はい」老人は頷いた。「ブリガドーンの〈夢告〉を受けており、まだ二十歳の誕生日を迎えておらず、そして乗り場に到着した方にはみな乗船の資格があります。もちろんチケット代の二十万円もいただきますが」

「カードは使えますか」

「大丈夫です」

「船はどこに向かうのですか」

「私にはわかりません。乗客でそれを知っている者はいないでしょう。終わりのない旅をします。この船は、時空を超越した旅をします」

老人は説明した。

「今、ここに船が来ているからといって、ここにいつか戻ってくるわけではありません。

船が出発すれば、次の寄港地は、十六世紀のイタリアかもしれません。十九世紀の韓国かもしれません。あるいは、紀元前のまだ緑が残っているサハラ砂漠かもしれません。その後も数百、数千、数万の寄港地があります。一度乗れば、必ず故郷を失います。おそらく、今、この時代、この国の人間とは、二度と、永遠に逢(あ)うことは叶(かな)わないでしょう」

私は呆然とした。

「見学は」

老人は苦笑した。

「ブリガドーンの中を見てから戻る？　受け付けておりません。決断は今ここでしかできません。慎重に行うべきですな。だからこそ、なんでもきいてください。答えられることは、全て答えます。私はそのためにここにいます」

「仮に、十九世紀の韓国でもどこでもいいんですが、途中で降りようと思ったら、降りられますか」

「船が停泊したとき、あの螺旋階段からその地に下りることはできます。しかし一度下りたら、もう二度と船には戻れません。

また、下船すると、肉体に何らかの変異を生じます。たとえば、乗ったときは若かったのに、老人になってしまったり、記憶が完全に消えて廃人になったり、場合によっては犬や猫といった動物になったり。そういう意味では、一度乗った人間は、ずっと乗り続けるほうが望ましいかもしれません。無論、変異を覚悟で下船の選択をすることは自由です」

「船上はどんな生活ですか」

老人は微かな笑みを浮かべた。

「船内は一部居住区になっており、また船上には町ができています。そこで暮らすことになります。乗船時より、肉体は歳をとりません。病気にもなりません。人数と部屋数からすれば、まず個室で暮らせるでしょう。船内は自由に歩けます。禁則の類はありますが、義務はありません。つまり労働その他はありません」

私は頭の中で整理した。何だそれは？　歳もとらず病気にも――。イメージができない。

「死んでいるってこと？」

「いいえ。生きています。少なくとも意識と肉体はあります。また、食欲、性欲などは消えますが、睡眠欲は残ります」

肝心なことはなんだろう。

「船に乗った人は、幸福、でしょうか？」

「それはわかりません。個人、個人によって違うものなので」

誠実な答えだと思った。

「乗船するのに準備するものはありますか」

「お金や衣服をはじめとして、何も必要ではありません。新しい肉体になりますので」

「乗船の機会は、今日だけ、ですよね？」

老人は頷いた。

「本日、船に乗らなかった場合、あなたは〈船の視(み)えぬ人〉に変わります。じきに二十歳になるでしょうし、永遠に乗る機会はなくなります。乗るも、乗らぬも、熟考してからお選びください」

乗れば二度と戻れない。誰がそんな船に乗るのかと思わなくもない。

だが得体の知れぬ熱が私を動かしていた。財布をだした。

迷っている暇はない。迷っている間に、船がいってしまったら、取り返しがつかない。カードをとりだした。

「おっと忘れていました。ブリガドーンへの乗船は、選ばれた者、おひとりだけです」

「え」私は動きをとめた。

その意味を悟り、背筋に冷たいものを感じた。

老人は全てを見透かすような眼差しで私の顔を眺めながらいった。

「この階段を上り、乗船すれば、お腹のなかのものは、消滅します。そういう力が働いていますので、仕方ありません。それもお考えになってから、お決めください。今晩はずっと、船はここの上空に停泊します。夜明けまでに、決めていただければ」

私の全身から汗が噴き出した。

せっかく、ここまで来たのになぜ、最後にそんな重大な選択を——いや、考えたら駄目だ。名もなき受精卵じゃないか。考える時間なんていらない。私は地上にいたところで、何をしたものやら、さっぱりわからないのだ。

私は震える手でクレジットカードを差し出した。

「乗船、でよろしいですね」

小さく頷いた。

老人は長方形の紙を差し出した。切符だった。


階段を上る。船の底部に空いた穴の近くで、下を見下ろした。

正確な高さはわからないが、二百メートルはあった。

既に夜になっており、住宅街の灯(あか)りが見えた。道路の渋滞や、駅前のデパートや、バスロータリーも見えた。

夜の町はきらきら輝いていた。

生暖かい風が吹いている。

私が見る、二十一世紀日本の最後の風景。さようなら。

階段を上り切り、船に入ると、全身の細胞が一瞬沸き立った。

おそらく、地上用の肉体から、船上用の肉体に変化しているのだと思った。

細胞の沸騰(のような感覚)が終わると、身体がふわりと軽くなった。


そして、長い旅がはじまった。

4

船上には、中世ヨーロッパ的とも、ギリシャ的とも思える石造りの町があった。

ブリガドーンとは船の名前であり、また、この船上の町の名でもあった。

石畳の道があり、石壁に挟まれた路地があり、階段がある。建物があり、たくさんの部屋がある。平面に家が建っているというより、建物同士が層をなしており、立体的な町だった。

建物の入り口には扉がなく、またあっても鍵がかかっていなかった。

そのため、どの建物にも好きなように入ることができた。

船は角度をつけて飛ばないのか、全く揺れなかった。町中を雲の塊が突き抜けていく。

そして町のあちこちに人がいた。

みな若い。子供か、青少年しかいない。二十歳前で乗りこみ、歳をとらないからこうなるのだ。

「ロメラ！」

声をかけられた。

見ると、五人の少女が石像の陰に座って笑っていた。

五人とも肌の色が浅黒く、目が大きい。インドか、あるいは中東の人に思える。衣服もサリーに似ていた。ロメラの意味はわからない。

――もしかして下から上がってきたばかりの人？

彼女たちの言葉は私の知らない言語だったが、身ぶりを交えているので、意味はわかった。

――そうですよ。

私はお辞儀して挨拶を返した。少女の一人が大きな澄んだ目で私の顔をしげしげと見た。

――やっぱり。どちらからきたの。

私は身ぶりを交えていった。

――日本からなんです。

――日本だって。知ってる？

一人の少女が、他の四人の顔を見た。四人とも、首を横に振った。

――私たちは日本なんて知らないわ。

少女たちは、からからと笑った。

――みんなは、どこから？

少女の一人が、ウルラ、ルトイウ、と巻き舌の発音で答えたが、聞いたこともない地名だった。

――インドからですか？

――知らないわ。インドなんて。

少女たちは鈴のように笑った。

――ねえ。あなたがきた国は、いいところだった？

きかれて私は困惑した。二十一世紀日本は、良いところなのだろうか。社会問題は多いが、さしたる貧困がなく、そこそこ治安が維持され、紛争地ではない。

――たぶん、まあまあ、いいとこです。

五人の少女たちは、ふうん、と大きな目を更に大きくした。

そして私にはもうわからない彼女たちの言葉で、ぺちゃくちゃと喋(しゃべ)った。

――ねえ、面白いもの見たい？

一人の少女が私に向けていった。上に向けた手のひらから、ぽん、と何かを落とすようなジェスチャーをした。

みんながくすくすと笑った。

なんだろう？　見たい、と私はいった。

――ついてきて。

少女たちは立ちあがると歩きだした。私は後ろをついて歩く。路地を通り抜け、いくつもの梯子を登り、船の縁に達した。

五人は船の縁に並んで立った。

——せーの。

五人の少女たちは笑っていた。衣服が風にはためき、光を浴びて輝いていた。

——私たち、これから死ぬの。どう、素晴らしい見世物でしょ？

——冗談でしょ。危ないよ。

少女たちは顔を見合わせ、次の瞬間、五人とも飛び降りて縁から消えた。

あっと叫び声をあげた。見えないところにでっぱりがあって、そこに隠れていて、びっくりした？　というに違いない。

私は彼女たちが立っていた縁に這い上がると、下を眺めてみた。

船はゆっくりとどこかの上空を進んでいた。

眼下には、原野があり、蛇行する川が、白く輝いていた。

下にはでっぱりはない。

五人は落ちたのだった。

乗客の自殺がさほど珍しくない、と知ったのはそれからほどなくしてだった。

「よくあることだ。俺だって何人も飛び降りていくのをみた。それと、ロメラはここでの挨拶だ。ナマステや、こんにちはと同じ。共通のブリガドーン語があるから、徐々におぼえていくといい」

昭和前期のサイパンから船に乗ったという日本人の青年がいった。

広場の階段で、私と彼は並んで座っていた。

「乗客はあるとき、ふとこの先の人生には三つの選択肢しかないことに気がつくんだよ」

一つは、永遠に船に乗り続ける。

もう一つは、どこかの時代で、肉体もしくは精神に変異があることを覚悟して下船する。

最後の一つは船から飛び降りる。

「飛び降りたら、下界まで落ちていくの？」

「いや、飛び降りると、急激な変異圧に耐えられずに、肉体は塵となってしまう」

私はぼんやりと彼の言葉を繰り返した。

「変異圧」

「呼び方はなんでもいい。呪いとか魔法とかいう言葉を使ってもいい。この船は、特別な力に包まれている。乗客は、船に乗る瞬間、乗客用の肉体に変化する」

私は自分の手を眺めた。確かにこれは元の肉体ではなかった。

乗船したときに変異した身体は、姿こそ同じだった。だが、肉体を構成しているものは全く異なっており、汗をはじめとする分泌物がなく、食欲と性欲がなく、排泄もなく、血液が巡っている様子もなかった。

どこかに身体をぶつけても、ぶつけたという感覚はあるものの、痛みや、その後の腫れや傷はなかった。物に触れることはできたが、他の乗客に触れることはできなかった。触れようとすると、身体が磁石の同極のようにはじかれるのだ。

風も雨も、寒さも暑さも感じることができたが、それはあくまでも、感覚があるというだけで、生理的な苦しさを伴ったりはしなかった。

「下船するときは、螺旋階段からなら、変異圧に徐々に身体を慣らすことができる。だが飛び降りだと急激な変異圧に耐えられず、船上の身体は塵となって消滅する」

「詳しいんですね」

「俺が船に乗ったのは昭和十九年。太平洋戦争のときだ。別に逃げようと思っていたわけではないが、つい乗ってしまった。俺が船に乗ってから数ヶ月後に玉砕戦になったと聞いたから、乗って良かったのだな。もう二百年以上乗っているはずだ」

男は笑った。

「それだけ長くいても、この船の動力や、誰が作ったのかや、様々な時代から人が乗りこむことに何の目的があるのかは、まったくわからん。人智(じんち)を超えているのかもしれん。チケット代を徴収しただろう？　あれだって、時代ごとに料金も、貨幣も変わっているんだ。貨幣がないところから乗った人間は無料だ」

「チケット売りの男の人は」

「みな乗るときに同じ人物から買っている。我々が知る唯一の管理側の人間だ。もっと乗る前にいろいろきいておけば良かった。あくまでも噂だが、下船時に船の秘密について質問すると、どれか一つだけ教えてくれるらしい。もっとも下船したものが戻ってくることはないから、信憑性(しんぴょうせい)のない噂だがね。さあ、俺はちょいといくかな。将棋の待ち合わせがあるんでね。おっと、君は将棋ができるかな」

男は腰をあげた。

「いえ」

「おぼえたほうがいい。まあ、将棋でなくとも、ここには遊びがいくつもある」

「最終目的地はないんですか」

ふと思ってきいた。途中下船をずっとしないでいたら、ここでみなさん降りてくださいという終点の地があるのではないか。

「ないよ。聞いたこともない」サイパンから乗った青年はいった。「永遠だ」

船の縁の近くに塔がいくつかあり、登るとブリガドーンの町や、雲海や大地が見えた。

私は眺めの良い六畳ほどの部屋を自分の住居にした。

「これ、やるよ」サイパンから乗った日本人青年が、私に望遠鏡をくれた。持ち運びのできるサイズのものだ。

「どうやって手にいれたの？」

「将棋大会の景品。ここでは望遠鏡は割に入手しやすい品物だから俺はダブっていてな」

私は日々、もらった望遠鏡で地表を覗いた。

あるとき地表では、町のあちこちが燃えていた。長い槍を持ち、鎧を着た集団が町を取り囲んでいた。略奪が行われているようだった。兵士たちは上空からは玩具のように見えた。

また別のあるときは眼下の砂漠にピラミッドが並んでいた。砂漠にはまだいくらかの緑が見えていた。

あるときは壮麗な伽藍が並ぶ山上都市と、僧衣を着て暮らす人たちが見えた。

下船ができない私にとって、地表の景観はさほど意味があるものではなかったが、見ていると面白かった。最初は今地球の何処にいるのかを推測していたが、次第にどうでもよくなった。正解を誰かが教えてくれるわけでもなく、しばらくすれば別の場所になった。

場所の変化により、唐突に寒くなったり、暑くなったりした。寒冷地の上空にいることもあれば、熱帯地方の上空にいることもあった。あまりにも寒いときや、風雨が激しいときは、甲板の下にある船室からでなかった。逆に暑いときは外にでて、風通しの良い涼しい場所で寝た。

ブリガドーンの町には宝物がある。

宝物は、落ちている。

ある日、私はたまたま入った建物で、分厚い本を見つけた。頁を開いても何が書いてあるのか全くわからなかったが、アラビアっぽい字体だった。誰かが使っている部屋にも見えなかったので忘れ物かもしれない。

私はその本を抱えて外にでたが、たまたますれ違ったアラブっぽい男の人（中東的な顔つきの人）に本を見せてみた。

男の目が輝き、歓声があがった。きけば、私が見つけた本はコーランだという。欲しそうな顔をしていたので、よければどうぞと譲った。すると大げさなほど喜び、その人は自分の住居に私を案内した。

彼の部屋には物が雑然と置かれていた。彼がどうぞと差しだしたのは二冊の日本語の本だった。〈古事記・現代語訳〉と、文庫本の〈粘膜蜥蜴〉だった。コーランの御礼で二冊とももらった。

後に同様のことが何度もあった。つまり、この町には、どうしてだかわからないが、何かが落ちている。誰かが置いておくのか、何か不思議な力で、通過した時代から吸い上げられて自動的に出現するのかはわからない。

これを〈宝物〉と呼ぶ。町のルールでは拾った人のものだ。

他人の持っている物で欲しいものがあれば、自分が拾った宝物と交換の交渉ができる。あるいは誰かから何かをもらったら、御礼に何かを贈り返すのがマナーである。

サイパンから乗った日本人がいったように、宝物のなかでも望遠鏡は入手しやすく、あちこちに落ちていたので、いつのまにか四つになった。

私は、各国の本（図鑑、地図、宗教書に、歴史書、ベストセラー小説）に、ダイヤの指輪、博物館にありそうな古代の貴金属、メーカー不明のおそろしくレトロな腕時計、トランプ、サッカーボール、仮面、日本刀（中世の日本人にきいたら正宗という名刀だそうだ）、地球儀、シタール、その他諸々を入手した。

ダブったものや、不必要なものでも、交換材料としてとっておいた。

5

トランプ遊びを通じてスペイン人の男と知り合った。名はフェルミン。

なんとなく意味が通じたり、通じなかったりする会話をしながら、スペイン語を習った。私は彼に日本語を教えた。

フェルミンは二十世紀の終わりに十七歳で船に乗った、親日家の青年だった。時代が同じだと前提としている一般常識も同じなので、話しやすかった。

私たちはよく見晴らしのいい伽藍の上で、地表を眺めながらおしゃべりをした。

「子供の頃から、この船を夢見ていたの」

私はいった。

「ぼくもそうだよ。みんなそうだ」フェルミンはいった。「高校をでてから、一人でフランスを旅行している最中（さいちゅう）だった。延々と続くひまわり畑の上に、この船が浮かんでいたんだ」

フェルミンは私の手に手のひらをのせた。だが、互いの手は反発して触れあわなかった。

「ここでは、愛せない」

フェルミンの「愛する」とは、肉体の交わりのことにちがいなかった。

「それが残念だ」

フェルミンの手が私の頬を撫でるように動いた。だがそれもまた磁力のような力で反発した。

船上では食欲の消失と同時に、性欲も消失した。肉の交わりは、もはや記憶の中にしかなかった。

「君はこの船はなんだと思う？」

私が首を傾げると、彼は「神様の実験場」という説を語り始めた。

人智を超えた存在が、あるとき、天国を作ろうと思いついた。人智を超えた存在は、人間の宗教などを参考にし、なんとなく「天国らしきもの」を作り、ランダムに乗りたい人をいろんな時代から住まわせている。そして人々の様子を見ている。

「なるほど、と思っちゃった。それ、当たりかもよ」

フェルミンはふと話題を変えた。

「船上の結婚についてどう思う」

長い船上生活で、孤独を怖れて一緒に生活している連中を何人か見た。来たばかりのときに見た五人の少女もそうだろう。

なかには、夫婦の契りを結んだ男女もいるという。

「どう思うも、私は地上では未婚だったから、よくわからないよ」

彼は微かにはにかみながらいった。

「その、良かったらぼくと結婚しないか？」

えっと思った。

そういう話だったのか。

「そういう冗談、女は実は嫌いなんだよ」

「いや、本気だ」

私は戸惑った。

フェルミンは悪い人ではなかったし、話をするのも楽しかった。地上で出会っていたら魅（ひ）かれていたかもしれない。だが、この船に乗ってから、異性に恋愛感情を抱くことはなくなっていた。

「少し考えさせて」

結局のところ、私は結婚を承諾した。ただし条件をつけた。

「お互いを束縛しないこと。他の人と仲良くしても嫉妬（しっと）しないこと。それが守れないなら結婚できない。うまくいかなければ、離婚しておしまい、これでいいですね」

フェルミンの顔に失望が浮かんだが、譲れない条件だった。

了解とフェルミンはいった。

「正直、君が他の男と仲良くしていたら嫉妬しないではいられないが、ぼくはそれほど子供ではない」

私たちは満月の夜、お互いに触れあうことのできない身体を寄せ合い、結婚しますと月に誓った。

誓っている間、私は密(ひそ)かに、ロマンチックだが、口約束なんぞに意味があるものか、と思っていた。もともと地上でも結婚願望はさほど強くなく、加えて彼に恋愛感情もないのだ。

「婚約指輪のかわり」

フェルミンはルビーの首飾りをくれた。どこかで拾った宝物に違いなかった。

メリットよりもデメリットしかなさそうな夫婦の契りを結んだのは、以後永久に、自分が交流するのが赤の他人しかいない、ということが厭(いや)だったからだと思う。私は日和見(ひよりみ)ではない味方が欲しかった。

結婚した翌朝、フェルミンはいった。

「おはよう。今日から、君は最愛の家族だ」

アマーダファミリア——家族、という言葉をきいた瞬間、映像が浮かんだ。家族。それは、父と母の肖像だった。

それは吹き消した誕生日ケーキの蠟燭(ろうそく)であり、肩車をしてもらったときのぐらぐらと恐ろしい感じだった。風邪をひいたときに食べたアイスクリームの味であり、干した布団を叩く母の背中だった。留守番のときにドアノブに鍵が入る音を聞いた時の安堵(あんど)であり、夕食の団欒(だんらん)だった。思春期に、わがままが叶わなくて泣いたり叫んだりした記憶でもあった。

カゾク。

私は彼に微笑みかけた。だが、続いて、波打ち際ではしゃぐ、小さな子供と一緒に遊んでいる私自身の姿が脳裏に浮かんだ。

その小さな子供は、乗船と引き換えに消滅した私の赤ん坊だった。

カゾクニハモウニドトアエナイ。

不意に深い闇を感じた。私は立っていられなくなり、その場に蹲(うずくま)った。

それから三日間、私は塞(ふさ)ぎこんだ。

深く苦い後悔がとめどなく湧きあがってきた。

私はいったい、なんだってこんな船に乗ってしまったのだろう。

隣の芝生は青いというが、私は船に乗らなければ起こり得たあらゆる物事に恋い焦がれた。

残してきた両親のことを今更ながら心配した。なんて親不孝なことをしたのだろう。駅の雑踏や、繁華街で鼻孔をくすぐる食べ物の匂いや、住宅街でどこかの家から漏れ聞こえてくるピアノの音色が恋しかった。

牢獄のように感じていた下界は、少しも牢獄ではなかった。いくらでも勉強できた。無料の図書館がいくつでもあった。ほんの少しお金を貯めれば、海外のあちこちに見聞を広めにいくこともできた。ほんの少し勇気と好奇心をだせば、もっといろんな宝を人生で発見できたはずだ。それらは仮に子供がいても、本気でやろうと思えば容易にできただろう。

下界こそが、私の生きる場所だった。

数多くの懐かしい幻影が私を苦しめた。

私は、全世界を捨て、時空のどこにも定位置のない石造りの町をとったのだ。

すっかり弱くなった私をフェルミンは慰めた。

そして、その支えてもらったという記憶が、いかにも脆そうだった婚姻の絆を強めた。

私たちは決して触れあえぬ結婚生活を送った。

夫がいるということを、船上都市の他人に話すとき、優越感があることに気がついた。私は彼を信頼した。また、自分が愛されていることに満足した。

しばらくの間は蜜月だった。

フェルミンはよく、私と一緒に下船する計画を話した。

船上から地上の様子を確認して、ここだという場所に停泊したら二人で手を繋いで、螺旋階段を下りる。

何らかの変異は受け止める。

そうして、その世界で支え合って暮らす。

それはロマンチックな空想だったが、危険な考えだった。

「近代以降で、できればぼくが乗った時代よりも未来。そして、戦争をしていない地域であること。食糧その他が豊潤そうであること」

「ブリガドーンを降りたいの？」

「いつかはね」フェルミンはいった。「百年間ここにいてもいい。でも、いつかその時はくる」

間違っていると思った。下界には老化や死をはじめとした逃れられないものがあるから、選ばねばならない。だが、時間制限のないここでは選ばなくてもいいのだ。なぜ〈いつかその時はくる〉などとわざわざ終わりを設定しなくてはならないのだ？

「さて、一体ぼくはどんな変異をするか。君はどんな変異をするか。大丈夫、神はぼくたちを見放さない」

フェルミンはうっとりといった。

下船時の変異については多くの噂があった。

たとえば、こんな話がまことしやかに語られていた。

一緒に下船することを決めて螺旋階段の途中まで下りていったという夫婦。途中で怖気(おじけ)づいた夫は、後二十メートルというところで、足が竦(すく)んで止まってしまった。妻はそんな夫を軽蔑(けいべつ)の眼差しで見ると、地表まで下りていった。夫が螺旋階段の途中から見ていると、妻は地表に辿(たど)り着くや否や、牛に変わったという。夫は変異が事実であったことを知り、青ざめて引き返した。しばらくして、船の縁から飛び降りて自殺したという。

「二人で降りたって、二人とも人間でいられて、レストランに行って祝杯をあげてって、そんな都合良くいかないよ。記憶が消えて人間でなくなった時点で、もう後は不幸しか待っていない」

「しかし、君だって戻りたいだろう」

それはそうだ。だがそれは人間のままでいられるという確証があってのことだ。

フェルミンは「やってみなくてはわからない」と呟いた。

暦のない世界で、また日数を数えたわけでもないが、およそ三十年が過ぎたと思う。

その三十年で、いろいろブリガドーンのことを知った。

日本に長く暮らした人間は、日本人になる。

日本的な発想、日本的な感覚を自然に身につける。

これはアメリカでも、インドでも、そして、ブリガドーンでも同じで、私は完全にブリガドーン人になっていた。

「ロメラ！」というブリガドーン語の挨拶を交わし、その日の遊び相手になりそうな友人知人を探して、あちこちに顔をだした。

最も古い時代からの乗客が二世紀で、最も新しい時代からの乗客は三十二世紀だった（三十二世紀の人と話すときは興奮した。私は自分の時代より先に起こる歴史の変化、科学の発見や、大災害や、戦争や、政治の変化を知ってしまった）。

町の人口は、一説には約二千人だった。きちんと数えた人がいたわけではないが、感覚的にもそのぐらいだと思う。暮らしている間に友人知人も増え、古くからいる人間の顔と名前はおぼえてしまう。

乗客に共通しているのは、巨大な退屈だった。だから、みなおしゃべりを好む。誰もが講談師で、自分の時代のお話を身ぶり手ぶりで脚色して話すようになる。

また議論や知識の伝達も盛んで、九世紀の人に、二十一世紀の人間が宇宙論について教えたり、二十世紀の人間に、十世紀の人間が当時の歴史の真実を教えたりしていた。

「まあ、人類が月にいったなんて想像もつかないわ」十八世紀の中国から乗った女の子は目を輝かせていった。「それで月には誰か住んでいた？」

「それが住んでいないのよ。岩ばかりで」

「どなたがどうやっていったの？　清の学者が高い山に登って梯子をかけたのかしら？」

「アメリカがロケットでいったんですよ」

「ロケットって何かしら？　アメリカって男の人の名前？」

ゲームは地上のどんな国よりも盛んだった。いろんな国のいろんな時代の人がいるわけで、トランプ、ウノ、囲碁や将棋、麻雀に、あるいは象棋や、カルカソンヌや、ラミィキューブといった私が見たことも聞いたこともないものもたくさんあった。

宝物の品目にはゲームも多かった。碁やチェスが「落ちている」のだ。足りない分は、愛好家たちが町で手に入れた材料で駒や盤を自作していた。

たいがいどの遊びも、初心者の裾野から上に登っていくと、到底かなわない「達人」の存在を知るようになる。そして「達人」同士の対戦を見物したりするようになる。

トランプでも将棋でも、本格的な対戦では、宝物を賭けるのがルールだった。私はダイヤの腕輪や、何が書かれているか不明の羊皮紙や、翡翠のチェスなどを賭けて失った。代わりに、銀の手鏡や、パズルや、ストラディヴァリウスなるバイオリンの名器や、日本語の魚図鑑などを入手した。

いつしか私は夫を疎ましく思い（いや、彼が私を疎ましく思ったのかもしれない。どちらか忘れてしまった）私たちの間に距離ができた。

アンダルシアの少年時代の思い出や、学生時代の面白い話も、最初こそ楽しくきいていたが、十回目、二十回目ともなれば、飽き飽きしていたし、フェルミンにしたって、私のつまらない愚痴めいた人生や、苦い後悔をきかされるのも、十回では済まなかったはずだ。

配偶者が他の異性と交遊することに関する嫉妬は、むしろ私が味わうことになった。フェルミンは社交的で人懐っこく、知りたがり屋で、恋多き男だった。干渉しないというルールは自分がいいだしたことなので、おおっぴらに夫の交遊を止めることはできなかった。

恋愛感情のない相手なのに、独占欲や嫉妬はあるのだ。凄く嫌な気分になった。

私は何度も塞ぎこみ、どうしたのだと優しく話しかけてくる夫と喧嘩し、最後には〈離婚〉を申し立てた。

ある日、下の地形を見てはっとした。

間違いなく北海道だった。

時空船は、札幌らしき町の上空を通過し、原野の上で停止した。私はある可能性に思い当たった。

望遠鏡を持って一日中地表を眺めた。

午後、私は見つけた。

河原の土手の上で、赤い自転車を止め、双眼鏡でこちらを見ている少女の姿。

まっさん。

私は呟いた。

もちろん、全てが私の思い込みにすぎないということはありえる。まっさんかどうか確かめようもない。

でも私は、望遠鏡に映っている少女は、十歳のまっさんだと確信した。

その晩は満月だった。船は動きだし、再び私たちの間に果てしない時空の隔たりができた。

ある晩のことだった。

船はどこかアジアの（おそらく中国系の）都市の上空に停泊していた。

地表ではお祭りをやっていて、人がたくさんでていた。何千もの赤い提灯が空に舞い上がっていた。とはいっても、船の近くまで飛んでくる提灯はなかった。

私は高台にある吹き抜けの回廊から地表を眺めていた。そこはお気に入りの場所だった。

フェルミンが私の前に現れた。彼とは離婚してから一緒に暮らしておらず、しばらく前から会話もしていなかった。

フェルミンは金髪の女を連れていた。新しい妻か恋人にちがいなかった。元夫は金髪の女を通路の端に待たせると、私のそばにきた。

「ロメラ。ナナコ、久しぶり。やはりここにいたか。ちょっとだけ、話をいいかな」

「なあに？」私は少し冷たくいった。

「今日、下船することにしたんだ」

えっ、と彼の顔を見た。

フェルミンは頷いた。

「あの人と？」私は少し離れたところで心配そうに立っている金髪の女を顎で示した。

遠目にも、スタイルが良く、鼻筋が通った人だな、と思った。

「いいや。ぼく一人で」

下船しても変異しない方法を見つけたのか。

まさかそんなはずはなかった。

「君とは長いつきあいだったから、その、もしよかったら、最後に、見送りというか、ぼくが下船するところを見ていて欲しいんだ」

フェルミンは下船口へと向かった。

私は螺旋階段が見えるテラスへと向かった。

彼の背後にいた金髪の女もついてくる。テラスにでると、三十人ほどの彼の友人知人もそこにいた。

フェルミンは螺旋階段に出ると、私たちに向かって手を振った。

私たちはみな静かに、去りゆく男に手を振った。

ほぼ自殺といっていいのに、誰もそれを止めない。そういえば、かつて彼がだした下船の条件——地上が戦争をしていないかや、経済的に豊かであるかどうかはここでは判断がつかないな、と思った。いったん決定したら、猪突猛進のタイプで、誰も説得ができないのだ。

すぐに、フェルミンが螺旋階段のどのあたりにいるのかわからなくなった。支柱も何もない螺旋階段はあまりにも長く、地表付近では細糸のように見えた。

私たち残された彼の友人知人は、しばらくそこに立っていた。

それから各々が、とぼとぼと都市に戻る階段を上っていった。

翌日、船は次の土地に向けて出発した。

6

それからまた長い時が過ぎた。

何をしただろう？　たくさんのことをした。

どこかの国から乗船したばかりで、右も左もわからぬ新入りに町を案内してあげ、望遠鏡をプレゼントし、交友関係を広げ、それぞれの国のそれぞれの時代の物語に耳を傾けて時間を潰した。ギターも弾いたし、唄も唄った。

楽しい日々だったし、楽しいと信じ込まなくては長く続けることなどできない。

少しずつ古いなじみが去っていく。

サイパンからきた日本人青年には将棋を教わり、しばらくは対戦したり、定跡を教わったりしていたが、彼もいつのまにか見かけなくなった。

私は少しずつ終わりを予感していった。

あるとき、私の心は、深い闇の穴に落ちた。

それは情けないほど瑣末な不協和音の重なりから生じた。得意だったラミィキューブでおぼえたての初心者に六連敗したこと、それにより、宝物をかなり失ったこと。友人の中でも特別に仲が良いと思っていた二十世紀のイタリアからきた女子が、私に何も告げずに飛び降り自殺をしたこと。関ヶ原の戦いに参加したという武家の男が、私の地上での生き様を、あからさまに非難したこと。ついでにその嫌な男に碁で負けまくったこと。

虚しさが襲ってきて、その虚しさに私は負けた。

私は静かな部屋で泣いた。

私の部屋は宝物で埋まっていた。集めた宝が人生の成果の全てのように思え、ひとつひとつ手にとっていると、ずっと昔に下船した元夫が私にくれた、ルビーの首飾りがでてきた。私は懐かしい思いで、その首飾りをじっと眺めた。賭け事その他で決して持ち出さなかった一品だ。

フェルミン。アマーダファミリア。

その晩、フェルミンが、階段を下りていったときの夢を見た。

百年も前の情景をはっきり細部まで記憶していた。螺旋階段、手を振るフェルミン。

――いつかその時はくる。

フェルミンの声が甦る。

目が覚めると朝だった。

どことも知れぬ時空の、霧が流れる朝。

私は黙って、来たばかりの頃、五人の少女が自殺した船の縁に立った。

風が私の足の隙間を抜けていく。膝小僧が震える。眼下は大森林だった。

五分間私はそこに立っていた。へなへなと座り込んだ。飛び降りることはできなかった。

私はふらつきながら、町の中央に行き、ばったりあった知人に、次に船が停泊したとき、螺旋階段を下りると告げた。

私の下船予告は、すぐに友人、知人、みんなに広まった。部屋の宝物は全て彼らに分配した。

何人かが止めたが、あまり強い引きとめではなかった。みなテラスで見送ってくれることになった。

しばらくした後、どことも知れぬ土地の上空で時空船は止まった。

地上を見ると、草原と森、古そうな教会がある西欧風の町が見えた。

太陽はまだ高かった。

私は螺旋階段に踏み出した。テラスに視線を向けると、集まった大勢が手を振ってくれた。いざ下船となるとやはり恐怖をおぼえたが、もう後戻りはみっともなくてできなかった。

　草原に机が出ており、老人がいた。

「ロメラ」

　私がいうと、老人は微笑んだ。

「ロメラ。長旅を、お疲れさまでした」

「すっごく長い階段ね。エレベーターつければいいのに」

「嚙み締めて上り、嚙み締めて下りるほうが味がありましょう」

　私は陽光に輝く、緩やかな丘に目を細めた。

　いったい何百年ぶりの地上だろう。土の匂い。草木の匂い。花のそばを蝶が舞っている。奇跡のようだ。

「ここはどこですか？」

「ミレニアム、三千年紀の終わり、二九九九年七月のスコットランドです。そういえば、ブリガドーンの名は、スコットランドにある百年に一度現れるという伝説の村からとったものなのですよ」

　私は自分の手足を見た。変異がはじまりつつある。

「最後に、教えて欲しいんですけど」

「なんでしょう」老人はいった。「そうですね。乗船記念に、どんな質問でも答えましょう」

「誰が、何のために船を作ったの」

「私が、私の趣味のために作りました」

老人は満面の笑みを浮かべた。

「いろんな国、いろんな時代に行くのが楽しみなのです」

私は絶句し、目を瞬いた。

「じゃあ、あの、ブリガドーンの町の人、乗客は、いったい何のために乗せているの」

「移動中の私の暇つぶしのためです」老人がさっと顔を撫でると、サイパンから乗った日本人青年の顔になった。続けてその顔は、ブリガドーンでのラミィキューブチャンピオンだったスイス人の顔にもなった。「私、どんな姿にもなれますので、こっそり乗客に交じって、いろんなゲームをしたり、いろんな時代の人とおしゃべりをしたりして過ごしているのです。あなたとも将棋をしたり、カルカソンヌをしたり、西表島のお話をきいたりしました。遊び相手になっていただきありがとう」

私は船を見上げた。

だが、もう空に船はなかった。ただ青い空と、真っ白な昼の月だけがあった。ここは空の底。

老人に目を戻したが、もうそこには何もいなかった。

町のほうで鐘が鳴った。

猫は、何度も後ろを振り返った。

だが、背後には黄色い花の揺れる野原しかなかった。

猫は途方に暮れたように首を傾げ、それからまだ見ぬ町へと向かって歩きはじめた。

海辺の別荘で

島の別荘だった。男は庭のハンモックで読書をしていた。庭からは海が見える。ふと水平線に目を向けると彼方に動くものがあった。

次第に大きくなっていくそれはシーカヤックだった。女が一人で漕いでいる。

男は読みかけの本に栞を挟むと、ハンモックから降りた。浜辺にでると、ちょうど女がカヤックを引き上げているところだった。女は男に手を振り、男もまた手を振り返した。

「こりゃまた、どこから来たの」

女は白い雲が眩く輝いている水平線を指差した。

男は浜辺の先に自分の家があることを告げ、疲れているだろうから休んでいかないか、と誘った。

十五分後には、女は男の家のテーブルで牛乳を飲み、蜂蜜を塗ったトーストをひとかじりして幸福のため息をついていた。少し話すと、女は驚異的な島渡りの冒険をしてきたことがわかった。二ヶ月かけていくつもの島伝いにここまで来たという。

「また海にでて行くの？」

女は首を横に振ってから両手をあげた。

「とりあえず、ここが終点」

「じゃあゴールだ。おめでとう」

「ありがとう」

男は冷蔵庫からビールを持ってきて、女と乾杯をした。

「せっかく冒険のゴールなのに、ぼくしかいなくて、ちょっと寂しいね」

「芸能人じゃないんだからそんなものよ。最後は一人でいるほうが好きだし。あ、ごめんなさいね、あなたと会えたのは良かったわ」

夕飯は、男が魚と伊勢海老を焼いて、サラダと一緒にだした。

「夕食までごちそうになって、図々しくてごめんなさい」

「気にしないで。しばらく一人で、退屈していたんだから。それにしても女の子一人で島渡りの冒険なんて、ご両親や友人は反対したんじゃない？」

「女の子って歳でもないし、両親はいないからね。私はね、実は浜辺に流れ着いた椰子の実から生まれたのよ」

男はグラスにワインを注ぎながら、ふうん、といった。

「桃太郎みたいだね」

「それだけど、桃太郎はさ、もしも洗濯しているおばあさんが桃を拾いそこねて、海まで行っちゃってさ、で、鬼ヶ島に流れ着いて鬼に拾われて育てられていたら、鬼の仲間になっていたかしら？」

「鬼の仲間になっていたと思うよ。まあ確実ではないけどね、そう考えるのが自然だ。で、君の話だけれど……ああ、なるほど、椰子の実から生まれたんだっけ。じゃあ、浜辺に流れ着いて誰に拾われたかが問題だ」

「私を拾ったのは、浜辺を散歩していた大金持ちだった。そこは大金持ちの別荘のプライベートビーチで、私はそこで、彼の娘として育てられたの。あらゆるものに不自由はなく、したいことはなんでもできた」

「そりゃずいぶんラッキーだ」

「でしょう」女は満面に笑みをたたえた。「いい人生だったわ。恋もしたし、冒険もした。おいしい食べ物がたくさんあって、穏やかで満ち足りていた。広い邸宅に爽やかな風が吹きぬけ、小鳥が歌い、いつだって笑っていた」

「ああ、そう」男はため息をついた。

「なによ、それ。なんでため息つくの」女はむっとした。「よくいるよね。幸せな人を見ると、何とか貶す場所を探して、自分と同じレベルに引き下げないと安心できない不幸な人って。いっとくけど、あたしは完全無欠の幸せものでした！　まあいいけど！　妬まれるのは慣れっこだし」

「よくわかりました」男は降参した。女はアルコールに頰を染めて、頰杖をつくと沈んだ声でいった。

「興奮してごめんなさい。せっかくこんな夕食まで作ってもらったのに。恥ずかしいわ。きっとお酒のせいよ」

「それでどうしてカヤックの冒険をすることになったのでしょうか？」気圧されたのか男は敬語になっていた。

「複雑な理由があるのよ」

私を養ってくれたお父さんは、ある晩、黒ずくめの服装をした男に撃ち殺された。金庫を持って逃げたから強盗だった。でも、お父さんに恨みを持っている人はたくさんいたし、お父さんが死ねば得をする人もたくさんいたから、強盗を装った殺し屋かもしれなかった。実際のところはわからない。

お父さんが死ぬと相続の話がでた。私は拾われた子だったからね。ずいぶんひどいことをたくさんいわれて、僅かばかりのお金――たったの二千万ぽっち――をもらって、屋敷を追放されてしまったの。

私はひとりぼっちになった。まあそこから先は楽じゃなかったね。ウエイトレスをしたり、自称芸術家と結婚したり、離婚したり、まあずいぶんいろいろあって苦労もしたものよ。

私はそれなりに顔が広かったから、あちこちで、お父さんを殺した犯人の情報を集めた。警察は頼りにならないし。

「結局、犯人は見つかったのですか？」

「十年もしてからだけど、ある男が浮かび上がった。その男は、あの時期屋敷の使用人だった女の恋人で、冬の間は南の離島の別荘で一人で過ごす趣味があることもつきとめた。逮捕には証拠がいるけどね。私にはそんなものいらないから」

女は顔を上げて男を見た。風が庭の棕櫚の葉を揺らす音が聞こえた。女が口を開くまでに少し間があった。

「もういいの。全部終わったから。ここに来る二つ前の島よ。カヤックで上陸して、夜に殺して、夜のうちに逃げてきたの。誰にも見られなかった自信があるわ。誰が殺したのか、絶対わからないでしょうね」

しばらくの間を置いて男はいった。

「仇はとったわけだ。これからどうする？」

「どうもしない。私はもうすぐ椰子の実に戻るの。自分でそれがわかる」女は脱力した様子でテーブルに顔を伏せた。

「ふざけちゃいけない」

「本当なのよ。本当に椰子の実から生まれた女なの。たぶん、そういう種族なんだと思う。時が来ると本能的にわかってくることってあるでしょう？　自分が何なのかわかる瞬間ってあるじゃない」

　想像して。海にぷかぷかと椰子の実が浮かんでいる。長い間漂流して、どこかの浜辺に辿り着き、人間の赤ん坊がそこから生まれる。人生がはじまり、いろいろな体験をして、最後に――定められた寿命が近づくとまた海に向かうのよ。

　そして海風と陽光に晒されながら、椰子の実に戻る。再び波に攫われ漂流し、何百もの昼と夜を経た後、記憶を全て失ってどこかの浜辺でまた赤ん坊になって生まれる。

　どうも私は、大昔からそんなことを繰り返しているみたい。珍しい生き物だわ。仲間もいるのかしら。

「それ〈椰子の実〉じゃないじゃん」

「どうでもいいわ。名前なんて」

「まさかだけど本当の話なの？」

　女はふっと笑った。

　運よくいいところ見つけたわ。たぶん今夜が人生最後の夜。私は消滅し、明日の朝には椰子の実に戻っているから。短いつきあいだったけど、おいしい料理をありがとう。

私、今回は最後に会った人に、告白して裁いてもらうことに決めたの。とんでもない奴だと思ったら、焚火(たきび)にくべてしまって。そうでなければ、また海に流してね。

「明日の朝、もし君が椰子の実に戻っていたら、家の棚に飾っておいてもいいかな」

冗談交じりにいってみたが、女はテーブルに顔を伏せたまま、もう口をきかなかった。

オレンジボール

保健室のベッドで目を覚まし、手足を伸ばそうとしたが、伸びなかった。何か全ての感覚がおかしかった。

冷静に三十分考え、ぼくは自分がまん丸な毬になっていることを知った。

保健の先生は、布団をまくりあげると、何だこれは？　という顔でぼくを見た。

「あらこれ悪戯のつもり？　本当にしょうがないわね。どこに行ったのかしら、あの子は」

ぼくがその「あの子」なのだが——つまみあげられ、廊下に放り出された。

ぽん、ぽん、と弾んだ。

弾んで、転がる。毬だから。

自分が何故、毬に変身してしまったのかを考えたがよくわからなかった。音楽の授業のあとに続く数学の授業をサボるために保健室で休むことにしたのだ。昨晩遅くまでテレビゲームに熱中しすぎたのですぐに眠ってしまった。そういえば、夢の中で魔法使いのような男に、将来なりたいものをきかれて、ふざけて「毬」と答えたような気もする。

嘘です。ごめんなさい、元に戻して！

ころころと転がりながら叫んでみたが、何も起こらなかった。放課後の到来を告げるチャイムが鳴り、校舎がざわめきはじめた。前方から、下品な顔立ちをした男の子が現れた。とても嫌な予感がした。

男の子はぼくに目をとめると、何もいわずに蹴飛ばした。

ぼくは廊下のはじまですっ飛んでいった。毬として頑丈にできているからか、痛みはあまりなかった。

壁にあたり、バウンドしてころころと彼らの前に戻ってきた。

また蹴られる。

途中、何人もの生徒たちに蹴られた。校内放送でぼくの名前が呼ばれていた。職員室に来るようにということだったが、行けるはずはなかった。

やがてぼくは、下駄箱に向かう生徒たちのふざけっこに巻き込まれ、校庭を転がった。

拾い上げたのが、黒縁メガネの少女だった。

ぼくは必死になって叫んだ。

助けて！　ずっと持っていて！　地面に転がっていると蹴られるから！

ぼくの言葉がきこえたのか、黒縁メガネの少女は眉をひそめて、ぼくを眺めた。

「これはいったいなんの球技に使うもの？　はじめて見るものだわ」

ほとんど絶望していたが、黒縁メガネの女の子は、黙ってぼくを小脇に抱えるとそのまま家に持ち帰ってくれた。


黒縁メガネの女の子の名はルルといった。

彼女の部屋は見事だった。中央には白と黒のチェック柄の丸テーブルが置かれていた。ピンクの棚にはレコードがずらりと並び、部屋の隅には真っ赤なピアノがあった。ルルは制服を脱ぐと赤いタイツを穿いた。

「私はアートなものにしか興味がないの」

そういう女の子だった。ルルは友達がファンだというロックバンドを「あんなバンドには、芸術性がない。音楽のことをよくわかってない、〈センスなしの子〉が好きになるバンドだわ」と冷ややかに非難した。すぐさまルルは、クラス中の嫌われ者になった。その後も彼女は身勝手な独断と偏見によって、クラスメートの感情を逆撫でし続けた。

ルルは毬であるぼくを撫で回すと、オレンジ色のスプレーを吹きつけて縁側に置いた。乾燥するとまた上から吹きつける。下地ができるとその上から筆で顔を描いた。

その後、ルルは紙粘土で台座を作り、彼女好みのオレンジになったぼくはそこに載せられた。

ぼくは「芸術作品」にされてしまったのだ。

ありがとう、助かったよ。

ぼくは心から礼をいった。

「あなたの名はオレンジボムにしよう」

ありがとう。君の部屋は素敵だね。でもぼく、実は君と同じ学校の生徒なんだよ。

「私に拾われて良かったでしょ。オレンジボム。いいにくいな。ダイダイにしようかな」

どうでもいいよ。

「なんだかあなた不思議ね。言葉が通じるみたい。心があるの？」

あるよ、と答えたが、ルルはそこでぷい、とぼくから興味を失って離れ、あまり上手とはいえないピアノを弾いた。

ぼくはその先、五年間——ルルが十四から十九になるまでの期間を、花瓶の隣で過ごした。彼女は気が向いたときにぼくを話し相手にした。

ルルは数少ない友人ができれば、あなたは大親友だ、魂の友だと両手を広げて擦り寄るものの、たいがいは裏切られるか、もしくは己が友人に屈折した思いを抱くようになり、相手をへこませてやるために自分から裏切るかをして、一人になった。

男の出入りも少しはあった。恋人というやつだ。親が留守のときに連れ込み、ベッドをぎしぎしいわせて、それ以降二度と現れなかった男もいた。たぶん本当に愛した男はいなかっただろう。

ルルが高校を卒業して二週間ほどした春の晩のことだ。

ルルはバイト先の友人との長電話（内容は共通の知人の悪口）を切った後に、一人で果実酒を飲んだ。それからおもむろに煙草をとりだすと一本吸った。

思いついたようにギターをとると、爪弾きはじめた。催眠的に同じ音を出し続けながらぼくに顔を向ける。

青春が終わる。彼女は呪文を呟くように歌った。青春が終わる青春が終わる青春が終わる。私の時代が終わる。今ある全てのことはみんなばらばらになって、ただのありふれた過去のことになる。私は歳をとり、私でなくなり、私より若いかつての私が私を馬鹿にする。青春が終わる。つまらない思い出だらけ。

心がこもったいい歌だね、ぼくはいってあげる。春の夜風に似合ういい歌だと本心から思った。誰の歌？　彼女は答えずに窓から差し込む月明かりを浴びてハミングする。部屋で流すレコードに同じ歌はなかったから、きっと自作の歌だ。

十九歳のとき、彼女は部屋の大掃除を敢行した。一ヶ月後に予定している一人暮らしの準備だと思う。彼女は本やCDを古本屋に売りにいき、自分が作製したオブジェの多くも捨てた。ぼくもその中の一つだった。ルルはためらいもなくぼくをゴミ捨て場に放り投げた。特に恨みはなかった。せいせいしたといってもいい。ゴミ捨て場は臭いので、ぼくは努力して自発的に転がってみる。ころんころん。道路に出ると通学途中の小学生がぼくを思いっきり蹴飛ばした。青春は終わる。さあ次はどこへ？

傀儡（くぐつ）の路地

路地裏に人形を抱いた女がいた。

近寄ると、彼女は人形を使い、腹話術のようにして何かをいった。

人形が喋(しゃべ)ったように見えた。

彼女が、あるいは人形が何をいったのか、もうおぼえていない。

その路地裏がどこなのかもわからない。

遠い昔のことである。

1

野津(のづ)さんは、五十九歳で会社を辞めた。

そして、散歩という趣味を見いだした。

だいたい以下のような感じである。江戸川(えどがわ)区の自宅マンションをでてから、小岩(こいわ)で電車に乗る。あるいはバスに乗る。

どこかの駅で下車して歩きだす。

健康のため歩く。これが主な目的である。

マンションの周辺は飽きがきている。

だから電車やバスで少し離れた町にいく。

世田谷区から川崎市まで歩いたり、板橋区から清瀬市まで歩いたり。

モスグリーンの帽子を被り、リュックを背負い、ウォーキングシューズといった出で立ちだ。

歩くことが目的なので、目的地はあるといえばあり、ないといえばない。図書館で休んだり、銭湯に寄ったりもする。

たいがい日が暮れてから戻ってくる。

野津さんは午後の住宅街が好きである。

バルコニーに干した洗濯物。

自転車を併走させておしゃべりしながら帰路を行く女子高生たち。

水路でざりがに釣りをする子供たち。

犬の散歩をする老婦人。

時には窓から見える家族の団らん風景。

ある時、たまたま立ち寄った漫画喫茶で、時間を潰しすぎてしまい、外へ出るともう夜は更け、小雨がぱらついていた。バスの時刻表を確認すると、小岩までその日のうちに戻るのが困難なことがわかった。

慌ててスマートフォンで、駅前の格安のビジネスホテルを探して予約をとり、どうにか夜の居場所を確保した。

これまで散歩は常に日帰りだったので、泊まりがけになるのは初めてだった。五階の部屋だった。窓から外を眺めると、近くの高速道路をいきかう車のヘッドライトとテールランプの光が見えた。何か玩具(おもちゃ)の行列のようで面白かった。

三十三歳の時、妻が病死した。その後家族を持つことなく今に至っている。自分という地味で透明な存在が、人々の生活が影を落とす町をひっそりと横切っていく。

まるで幽霊の旅のようだと思った。

野津さんは経済的に豊かである。

会社勤めの時に、不動産投資に手をだしており、特に何をしなくても、家賃収入が継続的にある。

三十七歳ではじめた証券投資のほうもそこそこの成果をあげている。

死去した両親からも、それなりのものを受け継いだ。

これまで徹底した節約をしてきたわけではないが、度を越した浪費家でもなかった。

趣味はバス釣りと映画鑑賞だった。

大金持ちでこそないが、一年間の収入は支出を常に上回っており、数年で年金ももらえるので、再就職の意思はなかった。


九月の住宅街だった。

野津さんはいつものようにモスグリーンの帽子を被って眼鏡をかけ、リュックを背負って歩いていた。

ちょうど十時ぐらいだった。

どこかで怒声と悲鳴をきいた。

はっとして音の出所を探した。

怒声と悲鳴は畑の先にある一戸建てから漏れているようだ。

縁側があって、庭に物干し竿がある瓦屋根の家である。

野津さんは少しずつ家のほうに近寄っていった。

〈警察、警察〉男の声。

〈死ね、死ね〉別の男の声。

警察に通報をしたほうがいいだろうか。

いや、まだわからない。テレビを大きな音で観ていたというオチもありえるのだ。

野津さんが音の出所の玄関に近づいていった時、家から一人の男が飛び出した。

ぱっと見たところは、若者だった。

その男は飛び出すなり、野津さんが歩いてくる方向とは反対方向に駆けていった。

そのため野津さんは男の背姿しか見なかったし、男は野津さんに気がつかなかったはずだ。

男は中肉中背。髪を茶色く染め、黒いTシャツにジーンズ。足下はモカシン靴だった。

玄関の引き戸は開け放たれていた。

野津さんは中に声をかけた。

「すみません」

一歩進む。

「すみません」もう一度いい、玄関から廊下を覗く。「ちょっとあのね、通行人ですが、大きな声きこえたもんで」

返答はなかった。

野津さんはごくりと唾を呑んだ。

さすがに上がり込んで確認するのは単なる通行人の分を超えている。もしもさきほどのが「テレビの音声」であったのなら、空き巣と見咎められて不法侵入と糾弾されても仕方がない。

野津さんは家の中には入らずに、男が走っていった方向に、小走りに進んでいった。飛び出していった男を追うことにしたのである。そうしなくてはならないという勘のようなものに従った。

途中、配達中の郵便局員や、子連れの主婦とすれ違った。

やがてさきほどの茶髪の男がバス停に立っているのを発見した。

靴はモカシン。ジーンズ。間違いない。

バス停には他にも並んでいる人たちがいて、野津さんは彼らの後ろに並んだ。

改めて見るとずいぶん若い。まだ学生だろう。高校生か、いや大学生か。

バスがやってきた。どこに向かうバスか知らないが、野津さんも乗り込む。

茶髪の青年は駅前でバスを降りた。

野津さんも続いて降りる。

距離を置き尾行する。

青年はコインロッカーからバッグをとりだし、公衆トイレに入った。

十分ほどしてでてくるが、黒いTシャツが黄色のポロシャツに替わっている。サングラスをしている。ジーンズはチノパンに。足下まで替える準備は面倒だったのだろう。靴はモカシンのままだった。

野津さんは尾行を続けた。

青年は四駅先で降りるとそこのインターネットカフェに入り、三時間過ごしてから、今度は反対方向の電車に乗り、居宅とみられるマンションに入った。

野津さんはそこで尾行を終えると、すぐに青年のマンション近くに宿をとった。

マンションの郵便受けと、そこに入っていたダイレクトメールで男の名は「香川涼真」であることを確認した。

ホテルのテレビでニュースを注意深く観ていると、やがて、今日自分が覗き込んだ家が映し出された。

〈今日午後一時頃、厚木市の後水さん宅で、遊びにきた女性が、後水茂雄さん五十三歳が倒れているのを発見しました。後水さんは重傷で、すぐに病院に運ばれましたがその後死亡が確認されました。警察は事件の可能性があるとみて捜査中です〉

そしてニュースは続けて、

〈現場付近から五十代から六十代の身長百七十センチ前後、灰色のスラックスにモスグリーンの帽子を被った男が走り去ったのが目撃されています〉

と、報道した。

ふざけるな、と野津さんは思った。

灰色のスラックスも、モスグリーンの帽子も、年齢や背恰好(せかっこう)も、報道が〈犯人と目される男〉と示唆しているのは、全て自分ではないか。

確かに、何人かとすれ違った。

近辺の住民からすれば、見かけない男がちょうど犯行時刻に、焦り顔で小走りに現場方向からやってきて、記憶に残ってしまったのだろう。

〈警察署に向かう。事情を話し、犯人を尾行してマンションまでつきとめたことを話す〉

社会的責務の観点から見ればそうするべきだし、警察という組織が間違いを犯さなければ、自分の疑いも晴れるだろうし、場合によってはお手柄として表彰もされるだろう。

だがなぜかそうしようという気にならなかった。

一つには、野津さんは警察という組織があまり好きではなく信用もしていなかった。

かつて同僚が痴漢で捕まったことがあった。その同僚は娘のピアノの発表会に向かう途中だった。痴漢と叫ばれ車内で女に腕をつかまれた。女の証言以外に何の証拠もないのに同僚は警察署に勾留された。結局、裁判で有罪となった。その同僚は会社を解雇され、鬱病を発症し自殺した。野津さんはその同僚が痴漢などするはずもないことをよく知っており、またするにしたって娘の発表会に行く途中でそんなことをするのは不自然極まりなく、今でも冤罪だと信じていた。

もちろん、冤罪だったとしても、自称被害者が声をあげたからこそで、警察が全て悪いわけではないのだが、それでも好きではないことに変わりはなかった。

〈もう少し自分で犯人を調べてからだ〉

野津さんは思った。

殺人犯を自分だけが知っている。

薄暗くも不思議な興奮が野津さんの背をはいあがっていった。

2

野津さんは、ロビーで三日間の延泊手続きをすますと、珈琲店で香川涼真に手紙を書いた。手紙は仔犬マークがついた封筒にいれ、マンションの香川の郵便受けに投函した。香川の電話番号もメールアドレスも知らないのでまずはこうするしかない。

香川涼真くんへ

あなた、九月九日に、人を殺したでしょう。

後水さんの家に押し入って。

どうして殺したのですか？

理由が知りたいので、下記のメールアドレスに殺した理由を書いて送ってください。

もしも「殺してなどいない」としらをきったり、「理由を教えるので会いたい」などと会いたがったり、一週間以内に何も連絡がなかった場合は通報します。証拠も多数もっています。メールで教えてくれればそれでいいです。

きちんと理由を教えてくれれば、この話はメールでおしまい。通報はしません。

まなてぃ

もちろん、殺人犯とメールのやりとりをしたいというその理由には「犯行の理由を知りたい」だけでなく、相手がどう反応するかを知って楽しみたいという薄暗い欲望があった。

その日の夜にメールがきた。


おまえ誰だ?

通報したければ勝手にしろ。

後水はいろんな人間から奪うだけ奪い、苦しみを与え続けた男だから殺した。誰かが殺すべきなんだ。

そして、ドールジェンヌが俺に指令をだしたからだ。


野津さんはこのメールをスマートフォンで読むと唸った。

通り魔犯行ではなく、私怨のようだ。もっとも、本当は通り魔犯行だったが私怨のように書いた、ということもありえなくはない。

情報はほとんどない。

ドールジェンヌとは何かわからなかったので検索してみたが、やはり不明だった。

返信した。

香川涼真くんへ

もっと詳しく、具体的に教えてください。

あなたに殺す理由があるとしたらそれは何なのか。そして、ドールジェンヌとは何ですか？

まなてぃ

翌日の午前十一時に返信がきた。


ドールジェンヌが通行人に「ホームから飛び降りろ」といえば、通行人は自分でも理由が全く説明できぬまま、ホームから飛び降りるんだ。

恨みについて、ドールジェンヌは見知らぬ人間に教える必要はない。

今、ドールジェンヌはおまえをみている。

何も気がついていないのはおまえだけだ。

ドールジェンヌがそうしたいと思えばそうなるんだよ。何事も。


野津さんは読み終わると、紅茶を飲んだ。

だから、ドールジェンヌとは何なのだ。

人を殺した、でもぼくは悪くない、妄想の存在に命令されたから仕方ない。

そういう主張だろうか。

本当に妄想にとりつかれているのか、「妄想にとりつかれているふり」をしているのか。

知りたいのは殺した動機なのだが、それは全く書かれていない。

昼食でもとりながら次の手を考えようと部屋の外にでると、フロントの前のロビーで二人の男が立ち上がった。両方ともスーツ姿だった。

「すみません、お話を伺いたいんですけど」

行く手を阻まれた。

心臓の鼓動が激しくなる。

「警察です」

男はいった。

3

野津さんは拘束された。

狭い部屋で怒鳴られた。

刑事は机を蹴ると野津さんの胸ぐらを摑んで引き寄せ、頭をはたくと耳元で怒鳴った。

「だから、なんべんいわせんだよ！　おまえが犯人なんだろ！　いえよ！　この野郎！　私がやりました、だろうが！　ほら、録音するからはやくいえ。そうしないと一生帰れないよ？　罪を認めなければ無罪になるとでも思ってんの？　今まで一度でも罪を認めなかったので無罪になりましたって判例聞いたことあったか、ないよな、ないんだよ、ないの。ノ、ヅ、さ、ん！　あなたが！　何といおうと、判決には関係ないので！　心証悪ければ！　死刑か！　無期懲役になりますよ！」

暴言に微妙に敬語が交じる恫喝である。

「そうだとしても私ではないんですよ」

「じゃあ、モスグリーンの帽子、なんでその日のうちに捨てたんだ？」

ホテルのゴミ箱に捨てたのだが、どうもそれを清掃のおばさんが拾い上げ、ちょうどテレビを観ていて人相その他「もしや」と思って通報したらしい。

「犯人じゃないなら、堂々と帽子を被っていればいいじゃないか？　たまたまその日、その時刻に何の目的もなく、自宅のある小岩からずいぶん離れたところを歩いていましたってか？　そんな奴はいねえ！」

いいや普通にいるだろう、と野津さんは思った。

もちろん野津さんは、香川涼真のことを説明した。

自分は確かに犯行時刻にその家の前にいた。悲鳴がきこえてきてその家を飛び出した若者の跡をつけたのだ。

「はいはい、じゃあその若者も調べてみましょう」そんな奴はおまえの空想の人物だろうといわんばかりに刑事は小さくため息をついた。

「じゃあなんでその日のうちに通報しないの？　報道で事件を知ったとき」

「いや、それは」

犯人は香川涼真である。事実であるが故に、調べればすぐ疑いは晴れるはずだ。と野津さんは思っていた。だがそれは事実を知っている自分の感覚であって、どうも刑事たちからすれば、言い逃れをしているようにしか映らないらしい。たまたま犯行現場にいて犯人を尾行するのは不自然だと考えている。

状況が好転したのは一ヶ月後で、香川涼真が自首したからであった。

野津さんは釈放された。

後に裁判で明らかになったところによると、香川の動機は「中学時代につきあっていた同級生の女子が、悪徳不動産業者の後水に土地も家も全て奪われ、一家心中した。そのことを許せないと思っていたから」というものであった。

4

いつも通りの日々が戻ってきた。

しかしこの事件は野津さんに大きな打撃を与えた。不用意に首を突っ込んだが故に、もう少しで冤罪で起訴されるところだった。

野津さんはしばらく何をする気も起こらず、マンションに引きこもった。

一ヶ月が過ぎ、二ヶ月が過ぎると、ようやく気分が落ち着いてきた。

年があけて、春になった。

窓から吹き込む春風に誘(いざな)われるように外に出ると、再び散歩をするようになった。

野津さんが住宅街を歩いていると、急にあたりが薄暗くなった。

夕立かと思って空を見上げる。

灰色の雲が垂れこめていた。

キイキイと鎖がきしむ音がする。

音のほうに首を巡らすと、児童公園があり、ブランコに女が座っていた。

公園にはその女以外は誰もいなかった。

妙な女であった。

髪はくるくると巻き毛で、服は白のワンピース。膝に青色の瞳をしたフランス人形を抱いている。

何か奇妙によじれた禍々しさを感じる。

女は焦点の合わぬ目で宙空を見るともなしに見ていたが、野津さんに目を向けた。

はっとする。

二十七年前に病死した妻によく似ていた。

野津さんは目を瞬いた。

いや、妻は死んだのだ。病院のベッドで。

「ねえあなた」

人形が野津さんに目を向けていった。

「ずいぶん大変だったわね？」

腹話術か。

「大変なことが終わったら、ストレス解消！　お腹いっぱいごはんを食べなくちゃ。ね？」

野津さんは人形の青い目に魅入られた。

きらきらと青い光を放っている。吸い込まれそうだった。

「私はそういう時はケーキをたくさん食べるの！」

　ここで女が人形の話に交ざった。

「ジェンヌちゃん。ケーキをたくさんだなんて。太るし、歯はきちんと磨かないと虫歯になるわよ」

　亡き妻の声だった。

「もちろんよ」人形は瞬間、二十七年前の妻によく似た女に首を巡らしたあと、野津さんにまた顔を向けた。「あなたは男だから、ケーキよりも、そうね……ラーメンよ。憂さ晴らしはラーメンよ。ヤマサブロウの、ラーメン、特盛りガッツリ、脂マシ、味濃いめを食べるのよ」

　野津さんの額を汗が流れた。

　何をいっているのだ？

　今日歩いている時に、「ヤマサブロウ」というラーメン店を見かけていた。店の前には、行列ができており、いかにも濃厚で脂の多そうなスープの匂いが漂っていた。だがそれがどうした。昔はそういうラーメンは好物だったが、もう六十である。胃腸が求めていない。

　気がつくと、混雑したカウンターにいた。

「へい！　特盛りガッツリ、脂マシ、味濃いめおまちどお！」

威勢のいい若い店員が、巨大などんぶりに、山のようにキャベツともやしが盛られたラーメンを置く。

一目で食べきれない量とわかる。

野津さんの額に汗が浮かんだ。

なぜ目の前にラーメンが？

記憶はあるにはある。ふらふらと公園を離れ住宅街をでると、国道沿いに先ほど見かけた「ヤマサブロウ」の看板に目をとめ、行列に並び、店員の「普通の量の三倍ありますが大丈夫ですか？」という忠告に頷き、脂の量は多め、味は濃いめの特盛りを注文していたのだ。

しかし実際、ラーメンを前にすると、自分がこんなものを頼むはずがない、と呆然とする。なんで頼んだんだろう。こんな化け物みたいな量のラーメン――それはつまり、あの妻によく似た女が操る腹話術人形が提案したから、ついその……ついその、なんだ？

店員の目が冷たい。

忠告したのに食べきれないものを頼んで、残して残飯にする――嫌な客だろう。

野津さんは食べはじめた。手が勝手に自分の意思を離れ、麺を啜り始める。

体が重い。

吐きそうだった。

消化のためにただ黙って歩く。

夕食はもういらない。

やがて駅前にでてきたので、家に帰ることにする。

電車を待ち、座席に座る。

すると、ふと隣の乗客が膝に何か人形を載せているのが目に入った。

青色の瞳のフランス人形だった。

人形の首がきりりとこちらを向く。

野津さんは爆発物を見たかのように、顔をそむけた。

車中で人形が喋った。

「たまに電車に乗ると、降りるべき駅で乗り過ごしてしまいたくならない？　だって毎日決まった駅と駅を往復する人生だなんて思ったら、少しずつ人の心は死んでいくわ。私は降りる駅は自分で決める。見知らぬ駅で降りるの。そして見知らぬ町を旅するの。ね？」

野津さんは、ね？　とふられたので、思わず頷いた。

確かにいっている内容は、見知らぬ町を歩くことを趣味とする野津さんには頷けるものであった。

顔を上げて隣をみると、人形遣いはやはり公園のブランコで見たあの妻に似た女だった。

「知らない人に話しかけては駄目よ」

女は人形に優しくいった。

「あ、あんたは幸恵か」

女は野津さんの言葉を無視した。幸恵は妻の名だった。幸恵のはずはないし、幸恵ならこんな態度はとらないだろう。

車内には数人の乗客しかいなかった。

それぞれ目を瞑っており、奇妙な女に注目している人はいなかった。

降りるべき駅で電車がとまった。

だが、野津さんは座席から腰をあげることができなかった。

ここで乗り換えないと小岩には……。

扉は開き、また閉じ、駅員のアナウンスが流れ、電車は動き出す。

「ねえねえ、向こうに立っている緑の服を着た女の人いるでしょう?」人形が再び野津さんにいった。

「しっ」巻き毛の女がいって人形の頭に手を置く。

野津さんの視線の先に、少し太った女がいた。年齢は三十代か四十代だ。化粧をしている。

「あの女。いつも何もされていないのに痴漢だ痴漢だって騒いで、そのたびに男の人が駅員室につれていかれて警察に引き渡されている。わかっていてやってるのよ。暇つぶしと示談金目当てにね。他人の人生を潰して自分が注目を浴びたいの。一回誰かがガツン、と殴ってやるべきだわ」

野津さんは目を見開いた。

かつて自殺した同僚のことを思い出す。

冤罪といえば、後水茂雄殺害事件で完全に犯人扱いされた自分の怒りも重なった。

電車は進む。

三駅ほど行ったところで件の痴漢冤罪ふっかけ女が降りた。

野津さんも降りた。

「おい、あんた」

野津さんはホームを歩く女の背に声をかける。

女は振り返らない。

「おい」

野津さんは女の肩を摑む。

「このクソ女が！　他人の人生をなんだと思ってるんだ！　ふざけるんじゃねえよ！」

野津さんは振り返った女の頰を平手で強く打った。女は小さい悲鳴をあげてホームにしゃがみ込んだ。

「な、なんなのこのジジイ」女は一息おいてから大声をだした。

「殴った！　殴った！　殴られました！」女は騒いだ。

野津さんは足早にその場を離れた。

「誰かあいつ捕まえて！　おい待てよジジイ、逃げんな！」金切り声になった。「何殴ってんだよジジイ、コラ、オイ！」

ホームには何人かいたが、平手打ちの瞬間を見ていなかったか、あるいは関わりたくないと、見て見ぬふりをしたかのどちらかで、誰も追ってこなかった。

野津さんは改札をでると走りだした。

目についたデパートに入り、ずんずん進んでいく。追いかけられている気がする。

おかしい。

歩きながら思った。

自分のしていることはおかしい。

人形の言葉以外に何の証拠もないのだ。こんなことを突発的にしていたら、今度こそ刑務所行きだ。

わかっている。わかっているのに、殴ってしまった。

ようやく野津さんは気がついた。

――操られている。

人形が何かをいう。そうすると、その通りに行動してしまう。

昼間のラーメンもそうだし、駅で降りられなかったのも、女を殴ったのも同じ。

香川は何か書いてなかったか。

ドールジェンヌ。

野津さんは、香川とかわしたメールを思い出した。

〈ドールジェンヌがそうしたいと思えばそうなるんだよ〉

あの女と人形がドールジェンヌか。本当にいたのか。

ようやく家に戻ると、ベッドに倒れた。

体がだるい。一眠りして起きたが、お腹は全く減っていなかった。

時計を見ると夜の十時をまわっていた。野津さんは部屋をでた。ひんやりと静まった春の夜道を歩く。

街灯の光がわずかに届く薄暗がりに幸恵に似た女が人形を抱いて立っていた。

「幸恵」

人形が喋った。

「夜に走ると、ダイエットにいいのよ。ふだん走っていない人ほど走るべきだわ。そして走りながら大声で歌を歌うの。気持ちいいに決まっているわ。自分を解放するの。そんなことをしたら変に思われるなんて考えて自分を縛っていても、よいことは何もないわ」

野津さんは走りはじめた。

通行人がさっと道路の端に寄る。

野津さんはその脇を駆け抜ける。

涙がでてくる。

遥かな昔、故郷でおぼえた津軽民謡を歌いながら、ただ必死に両足を動かし続けた。

5

ドールジェンヌはどこにでもいた。

飲食店に入れば「一生懸命アルバイトをしている学生さんに、チップとして一万円をあげるべきだわ」といい、繁華街を歩けば、「そろそろお昼時よ、路上演奏をしている男にカツ丼を奢ってあげなさい」などという。

そして人形が何かいうと、もう逆らうことはできないのだ。

ドールジェンヌの「今日は家に帰ったら断捨離よ。ミニマルライフのスタートなの」のおかげで、家にあった本やレコード、親から譲り受けた美濃焼の茶器や、イギリス土産のチェスなどを処分してしまった。

これはまずい――。

ものを捨てたり、財布の金をちょっと失うぐらいならいい。

もしも「殺人」を提案されたら、おそらく実行してしまうだろう。

野津さんはインターネット上に、次のページを立ち上げた。

〈ドールジェンヌ　被害者の会〉

人形を抱えた女にとりつかれ、被害を受けている方。悪魔じみた恐ろしい提案をしてくる女です。

おられましたら、ご連絡ください。共に立ち上がりましょう！

すぐにコメントがきた。

〈私は三十代の会社員です。被害にあっています。気がつくと人形を抱いた女がそばにいて、腹話術のように人形が何かをいいます。そしてその通りの行動をしてしまうのです——その話ですよね？　このあいだは「独身がさみしければダッチワイフを買ったらいいじゃない」などというわけのわからない提案をされ、気がついたら部屋に空気人形が三体もあります。自分の頭がおかしいのだと思っていたところ、まさしく自分と同じ被害者が存在することにたいへん勇気づけられております〉

野津さんは拳を握りしめた。

そうだ。そうだよ。いるのだ。やはり自分だけが被害者ではないのだ。

また別の男からのコメントがつく。

〈私は四十代の学校教員でした。でした、と過去形なのは、仕事の帰りに出没する謎の女（腹話術師でしょうか）が抱く人形に「年の差とか立場とか、そんなものは愛の前では無力なの！　勉強以外の悦びも教えてあげなきゃかわいそうよ」

などと煽(あお)られ、自分を慕う女生徒に手を出してしまい、発覚して免職の憂き目にあいました。今は無職の身ですが、いつのまにか隣に現れては、食い逃げを提案したり、万引きを提案したりとろくなことをいいません〉

続々とくる。

〈私はある会社の代表取締役をしているものです。もしも名前をだせば一度ぐらいは聞いたことのある会社かもしれません。実は学生時代に出現したジェンヌの提案、「私だったら今すぐ起業して自分が社長よ！これこそ世界を相手にした最高のアドヴェンチャーだわ」に乗せられて起業し、成功して今に至っており、ジェンヌに対してはずっと恩を感じ好感を抱いておりました。何か福の神のように感じていたのです。しかしあれから二十年。時折現れるジェンヌの提案は気まぐれでわけのわからないものばかり。意味もなく株を売らされたり、ハワイにいってしたくもないサーフィンをするはめになったり、さほど縁(ゆかり)のない人を集めてパーティーを開いたり、さらにそこで会ったそれほど魅力のない相手と関係をもたされて結婚してしまい（いいわけがましいですが、ジェンヌの提案の魔力はご存じでしょう）、ほとほとうんざりしてきております〉

〈ドールジェンヌ被害者の会〉の会合が開かれることになった。

参加者は全部で十二名。男が八名、女が四名であった。

都内のレンタル会議室を借りた。

発起人の野津さんが立ち上がった。

「本日は、IT企業の社長から、学生、無職、花火職人、寿司職人、建設会社社員、その他、いろんな方が集まっています。主にドールジェンヌの情報を共有し、対策を考えていく会にしたいと思います」

全員が拍手をした。

「私がネット上に被害者の会のホームページを立ち上げましたところ、北は盛岡から南は静岡まで、被害者の方からメッセージが届きました。

もちろん冷やかしも多かったのですが、立ち上げるまではまさか同志がいるとも思わず、どれだけ力になったことか。今回参加できなかった方も大勢います」

順番に自己紹介となった。

「ぼくはフリーターの長田といいます」

二十代とおぼしき青年がぺこりと頭を下げた。

「SNSでのみなさんとのやりとりなどから、ドールジェンヌについてまとめた資料を作ってきました」

おお、とか、助かります、などという声がとんだ。

みなに長田が作った資料が配られる。

ドールジェンヌ

神出鬼没で言動は無責任かつ無目的。

これまでの記録によると、東日本に多く出没する。

超自然的な存在と思われる。

その理由として岩手県盛岡市に午後三時に出没した同じ日の夕刻五時に、埼玉県春日部市に現れるなど、移動時間を考えると不自然な出現が多い点。

気がついたら現れ、気がついたら消えているという点。

人形の提案は強制的ともいえるほど、そのままこちらの行動に影響を及ぼす。


「出没事例一覧」がついている。それぞれがドールジェンヌに会った日時を記録していた。

野津さんが特盛りラーメンを食べるはめになった日から四日後には、長野県の松本市にて三十代女性に社交ダンスをはじめることをけしかけている。出現日時に規則性はない。

「よく調べましたねえ」田中(たなか)と名乗った三十代女性が長田を労(ねぎら)った。

「路上に現れることが多いですね」

「ああでも、私、学校で遭遇したことありますよ」元高校教師がいった。「放課後の廊下に立っていまして」

「確かに人間ではないね」IT企業の社長がいった。「困るんだよ、いつ現れるかもわからない。何かいわれれば、やっちまうし。どうも潜在意識にあるものを刺激してくるんだよな」

みなうんうんと頷いた。

「あのですね、人形を抱いている女のほうが、亡き妻に見えるんです」

へえ～とみな驚いたようにいった。

「私は中学のときの担任の先生に見えます。たぶん、死んでませんが」

みな口々に、女優の誰某(だれそれ)に似ている、とか、友人に似ている、などという。野津さんは少し拍子抜けした。どうも女であることは共通しているが見え方は人それぞれで全く異なるらしい。

「対処法はあるものなんでしょうかね？」

「私はお祓いをしてもらいました」

太った中年男性がいった。神社で神主にやってもらったという。

「効果は」

「それ以前は月に二度ほど出現していたのですが、お祓いのあと、半年ほど現れませんでした。でも、半年後には現れたわけですし」

「微妙ですね」効果があったとしても六ヶ月だけということか。

「お祓いは宗教ですよね。仮に効果があるとして、何か宗派などは関係ないのでしょうか？　たとえば○○系は効果があるけど、××系はない、といったような」

「わかりませんねえ、どこのお札でも、魔除けでも、試してみるぶんには損はないと思います。実験としてね」

「奴の抱えている人形は洋風だから、十字架とかキリスト教系のものはどうなんでしょう」

「ははあ、吸血鬼以外にもきくんですかね」

会が始まってからずっと黙っていた年配の男がここで口を開いた。

「まじないがあるんですよ」

みな男に視線を向けた。

男の年齢は野津さんより上であろう。七十代以上に見える。髪は両脇に白いものが残るのみ。この中で最年長とおぼしい。

「ええ、はい」年配の男は頷いた。「私、倉持と申します。埼玉の飯能のほうの出です。あれは私の村で『ヤハタさん』と呼ばれていました。六十年も前の話です」

小学生の時でしたね。

最初は不審者情報でした。

通学路に不審な女が時々現れる。ちょっとまあ、危険な種類の人間である可能性が高いので用心せよ、という通達があったんです。実際に何か被害があったからそうなったのでしょう。痴漢注意、不審者注意の看板が立つようになりました。

その一方で、子供たちの間では「ヤハタさん」なる一種の妖怪の噂がじわじわと流れていたんです。

曰く、人形をもった女で、腹話術のような感じで話しかけてくる。その女の名前が、ヤハタさん。人形の話をきいてしまうと〈呪われてしまう〉という。

ヤハタさんは、最初は「喧嘩したお友だちに謝りなさいよ」とか「猫にミルクをあげないと死んじゃうよ」などと人形を使って親しげに話しかけてくるのですが、ヤハタさんにいわれると、なんとなくそうしないといけない気になって、してしまう。

次第に「万引きをしたらお金使わなくて済むんじゃない」などといったエスカレートした提案になり、最後には「そんなに辛(つら)ければビルから飛び降りて死ねばいい」と自殺を提案してくるといいます。

もしも出会ったらどうするか。

耳を塞(ふさ)いで、「ヤハタさん、ヤハタさん、今は忙しいので、次の人に」といって通り過ぎることによって、呪いを回避できるという話でした。

ヤハタさんを「長期的に」追い払う方法もあります。

それは一人ではできません。

複数の人間、被害者五人以上でヤハタさんを円になって囲み、ヤハタさんの体に触れて「ヤハタさん、ヤハタさん、お帰りください。お家で家族が待っています」と唱えるのです。

そうするとヤハタさんは消えてしまい、もう出てこなくなるのだそうです。

「それは貴重な情報ですな」

「ええ確かに」

「なんだかあれですね、コックリさんとかあの系統ですね？」

「コックリさんってなんですか」長田が不思議そうにきいた。

「え、知らないの？　昔あったんだって」四十代ほどの男性が長田にコックリさんの説明をはじめる。

野津さんは、コックリさんに逸れたほうの会話には加わらずに倉持にきいた。

「すみません倉持さん。〈まじない〉は、誰かが試したんですか？　その、円になって囲んで追い払う、というのは」

「正確なことはわかりません。なにぶん子供の噂話ですから。私がヤハタさんの話をきいてからほどなくして、上級生たちが〈まじない〉をやって追い払ったという話を耳にしました。ただその話も含めた噂そのものが、嘘や勘違いであった可能性は大いにあります。実際、お札や何かのほうが効果があるのかもしれません」

いや。野津さんは思った。直感的に、倉持の少年時代にあった撃退法のほうが効果があると感じる。それは集まったものたちみなが同意見だった。

「希望が見えてきた」IT社長がいった。

「倉持さんはどんな出会い方をしたんですか？」

「噂を聞いた子供の頃には出会いませんでした。出会ったのは二年前です。みなさんと同じく唐突に路上で、ですよ。多摩川の川原に立っておりまして、そんなに寂しいなら犬を飼えばいいじゃない。などと提案され、フレンチブルドッグを買ってしまいました」

みなため息をついた。

「今日も家ではフレンチブルドッグが私の帰還を待っております。子供の頃にきいた超自然的存在、ヤハタさんであるとすぐに気がつき、それからは現れるたびに両耳を塞ぎ、今は忙しいので次の人に、で対処しています」

結局ドールジェンヌの正体はわからなかったが、多くの情報を得た有意義な会合だった。

会合が終わりわらわらと会議室をでた。

そのときである。

雑談をしていた被害者の会のメンバーがみな会話をやめた。あたりが静まった。

野津さんが首を巡らすと、暗い道の先に人形を持った女が立っていた。

「あれ」花火職人がいった。

「シッ」IT社長が唇に指をあてた。

「いるよ、いる」小声で長田がいう。

考えてみれば、被害者ひとりひとりが〈つきまとわれている〉わけで、これだけの被害者が集まれば、出現率はあがって当然だった。

「あ〜ら、みなさん、おそろいで。私だけ仲間はずれかしらあ！」

怒りが滲んでいるようにも感じられる調子外れの高い声だった。

人形をこちらに掲げる女の顔は、髪に隠れてよく見えない。

「あんた、ヤハタさんか？」

「私、ジェンヌ！」人形がいった。

みなちらちらと倉持を見る。

どうしますか？　倉持さん。

「やりましょう。またとないチャンスです」

倉持は低い声ではっきりといった。

全員であの女を円になって囲み、あの女に触り、「ヤハタさん、ヤハタさん、お帰りください。お家で家族が待っています」と唱える。噂通りならそれで消えるはずである。

三十代とおぼしき眼鏡の女がまっさきに一歩進みでた。

残ったものはドールジェンヌを囲むために動く。

人形が声をあげた。

「なんなのあなた！　何するつもり！」

「なんなのじゃないでしょ、あなたのせいで！　ヤハタさん」

眼鏡の女の手が伸びるよりはやく人形の口がぱくぱくと動いた。

「私のせいじゃないわ。不倫をしたのはあなたでしょう？　だったらやめたらいいじゃない。ついでにこれから電話して会社も辞めて、ニュージーランドにでもいってくればいいじゃない！　さっぱりするわ！　それがあなたの人生の物語なの！」

眼鏡の女は呆然と動きをとめた。

「だめだ、ちゃんと捕まえないと」

ＩＴ社長が手を伸ばすのを、人形を抱いた女はするりとかわした。

「雇ってあげたらいいじゃない。そこにいるフリーターの長田くんを雇ってあげたらいいじゃないの！　あなたの会社で採用しなさいよ！　それからお金あるんなら、ここでお祭りしたらいいじゃない。ここでお祭りするべきだわ！」

目眩がするほど適当な物言いだが、ＩＴ社長は「何を」といって動きをとめた。

「お祭り？」

「そうよ、ジェンヌ人形祭りよ。日本中の人形を並べて売るの。屋台に御神輿、お神楽に花火だわ。あなたも大もうけよ。私が買えっていった株はどうなった？　あがったでしょ」

ＩＴ社長は思案気な顔で伸ばしていた手をおろした。どうもドールジェンヌに提案されると、動きがとまってしまうらしい。

人形を抱いた女の髪が横になびき、顔が現れる。

やはり野津さんは妻に似ていると思う。

だが、慌てて両耳を塞いだ。

「今忙しいので、次の人に！」だったか。

長田と花火職人が女を挟み込む。女は身をよじって笑いながら二人をかわした。

「お祭りの花火はまかせたわ。凄いのをたくさん打ち上げたらいいじゃない。ついでに別れた奥さんにも電話してあげるっていうのはどう？　きっと寂しがってるわ。祭りの後には四国にさぬきうどんでも食べにいって、仁淀川の上流で泳げばいいわ」

花火職人の動きが鈍った。

長田の手が肩に触れた。

「やった、捕まえました！」

「子供の戯れ言なんか信じて馬鹿みたい。捕まえたからなんなの」

「ヤハタさん、お帰りください。家族が」

言い終わる前に女は長田の手をすり抜けた。

「ヤハタさんじゃなくてジェンヌ！　その手は私を掴むためにあるんじゃないの。ギターを弾くためにあるの。思う存分弾いたらいいじゃない！」

長田がぎょっとした。

「なぜそれを」

「もう一度バンドを組むべきよ。あなたは間違ってはいないわ！　二十四になったら音楽を止めるべき、なんてのは、就職をきっかけに音楽と手を切ったあなたのお友達のただの自己肯定論理だわ。あなたはIT社長のところで働きながら、音楽配信の仕事をして、ついでにギターも弾きなさい。あんなに上手なんだから！」

恐るべきことに円になってドールジェンヌを囲んだ被害者の会は、提案をきくやいなや、一人一人が動きをとめていく。

だがまだ何人か残っている。

くるりと身を翻すと、倉持にいう。

「あなたは」

「やめるんだ！」大きな声で倉持は遮った。

野津さんも声をあわせた。「そうだ、やめろ」

だが倉持に何をいうのか、興味もあった。

「私が嫌いなの？」人形は驚いたようにいった。

「大嫌いだよ。おまえのせいでみんなが大迷惑だ。いったいなんなんだ。どっからきたんだ。帰れ」

「あなたが台風の日に、事故に見せかけてお父さんを川に落として殺したのは、私のせいじゃなくってよ。あなたが前の会社で横領したのも私のせいでなくってよ。あなたは何なの、私は犬を飼うことをすすめただけじゃない！　よかったでしょ、かわいいでしょ、マメゾウなんて名前つけちゃって。それでも私が嫌いなんだ？　だったら忘れればいいわ。嫌いなら、みんなみんな、私のことを忘れればいい」

「今は忙しいので次の人に！」倉持は両手で耳を塞ぎ叫んだ。

「もう遅いわ。馬鹿？」

人形はくるりと野津さんに顔を巡らした。もう耳に手をあてるのは間に合わなかった。

「あなたも私のことが嫌いなの？」

人形の顔はとても寂しそうに見えた。それを抱く幸恵も寂しそうだ。

「い、いや私は、別に」

野津さんはうろたえた。

幸恵……。子供を欲しがっていたが、三十代のはじめに息をひきとった。嫌いだなんてそんな……。

「じゃあ、おぼえていなさい。あなただけはずっと私のことを」

くるりとドールジェンヌは顔を別の男に向けた。

え、それだけで終わり？

野津さんは思った。

提案は……おぼえていなさい、だけ？

「ドールジェンヌ、な、何かもう少しいってくれ」

思いがけぬ言葉が自分の喉からでていた。

「嫌よ」

ドールジェンヌは短く返すと、別の男に、ブラック企業を退職して沖縄に移住することを提案しはじめた。

あらかた全員への提案をすますと、もう人形を持った女を捕まえようとするものは一人もいなくなっていた。

敗北だ。

野津さんの頰を汗がつたって落ちた。ドールジェンヌは最後に野津さんに顔を向けた。

「被害者の会だとかなんだとか作って結局あなたは私に操られたいんでしょ？　じゃあ、どこまでもどこまでも無限に続く散歩の人生を送ればいいじゃない。そしてどこかに消えた幻を追いかけ続ければいいじゃない。いつかどこかで出会えたら、きっと何か言葉をあげるわ。まあたぶん出会わないでしょうけど」

風が吹いた。

ドールジェンヌは消えていた。

あたりを支配していた闇は薄れ、そこはただの酒場の前の道だった。

みな言葉もなく、一人、また一人と糸の切れた凧（たこ）のようにその場を離れていった。

野津さんは黙ってずっと立っていた。

6

港を見下ろす高台のベンチだった。

夏の風が吹き抜けていく。

三十代前後の男が座ると、その横に白髪の老人が座った。

「このあたりはお魚もおいしそうですな」

「はい」香川はいった。

「あれから十二年ですか」野津さんはいった。

もう七十を超えた。香川も出所して二年経っている。

「早いものだ。歳をとると時間の流れが速くなる」

香川涼真にはさきほど一通りのことは話していた。だが香川は〈まなてぃ〉の脅しメールのことは全て忘れていた。十二年前にそんなやりとりの事実はなかったと主張し、少し迷惑そうに、そして少し気の毒そうな顔で訪問してきた老人を見るだけだった。

「あの、何度も同じことをすみませんが、私はあなたのいうことがよくわからないんです。確かに私は十二年前に後水茂雄という男を殺しました。中学時代の同級生の一家が心中した原因を作った悪徳不動産業者ですし、当時まだ十四歳だった私の恋人を強姦(ごうかん)した男だったからです。服役し、そして刑期を終え今に至っています」

「もちろん、存じております」

「でもね、何度もいいますが、あなたのいうドールジェンヌなんてものは知らないし、あなたのことも知らない。私は誰かに命じられたからといって人を殺しませんよ」

野津さんは頷いた。

「あの時なぜ自首したんです？」

「それもおぼえていませんが、とにかくいろいろ焦って怖くなったんです」

野津さんはため息をついた。

「みんな忘れる。みんな忘れてしまうんだ。女は人形を操り人形は我々を操る。そして操られたほうは気がつかない。気がついても一時のことですぐに忘れる。被害者の会を作ったんですよ。でもね、よくわからないままに解散しました。連絡をとると、みなあなたと同じで、そんなことがあったかな、どうもよくおぼえていないな、という」

「はあ」香川は面倒くさそうな相づちを打った。

会が解散し家に戻ると、なぜかネット上のページも削除されており、慌てて何人かに連絡をとったがもうドールジェンヌの記憶は消えていた。

数ヶ月後、あの通りで人形祭りが開催された。

野津さんはテントの中にいたＩＴ社長を見つけ声をかけたが、彼はもう野津さんをおぼえていなかった。彼は、あるいは彼らは、祭りのアイディアの出所は、完全に自分たちにあり、全て己の意思で行動していると信じ切っていた。

野津さんただ一人がドールジェンヌの記憶をもっていた。

その後、十二年間、ドールジェンヌは野津さんの前には一度も現れない。

「私はこう思うのですよ。気がつかないだけ、おぼえていないだけ、あるいは意識していないだけで、ドールジェンヌは影のようにいつも人々のそばにいて、その人の心に囁いているのではないかと」

香川は再び憐れみを帯びた目で野津さんを見るといった。

「気を悪くしないで欲しいのですが、私にはあなたが何か妄想にとりつかれているように見えます。ただ、まあ人生は人それぞれですので首を突っ込もうとは思いません。じゃあすみません、そろそろ行かないと。当時のことは忘れたいのでもうこれきりにしてください」

香川は立ち上がると去っていった。

野津さんは歩き出した。

ドールジェンヌは、幻を追いかけて死ぬまで散歩をしろといった。今やそういう人生になっている。悪くないと思う自分もいる。

愚かでも、馬鹿げていても、勝算がほとんどなくても、どのみち幻が囁きかけたことに、逆らえるものなどそうはいない。

平成最後のおとしあな

部屋の隅で蹲って、己の人生の軌跡について思いを巡らしていると、壁の受話器が鳴った。私はそっと受話器をとった。

「もしもし」

妙に明るい女の声だった。声だけで年齢はわからないが四十代ぐらいに思える。もっとも思えるだけで、本当は二十代かもしれない。

私は相手が名乗るのを待った。

「あ、すみません。私、ヘイセイのスピリットと申します。森高希実さんでしょうか」

私は森高希実だ。だが何か全く見当違いのことが起こっているように思えた。

「森高ですが」そこで思わず笑った。「どうして私の名前知っているんですか」

「特別な縁でもって、この巡り合わせがあったからです。お気になさらずに」なんの説明にもなっていない答えが返ってくる。

「ヘイセイのスピリット？　会社名ですか？」

「いえ違います。私の名です。元号の平成の、精霊、魂、という意味のスピリットです。お時間少々よろしいですか」

「はあ」

「はい。私はですね、もうすぐ平成が終わるもので、いろんな方に平成についてのアンケートを実施しているものです」女は一呼吸おいてからいった。「ではさっそく第一問です。あなたにとって平成最大の事件はなんでしたか？」

営業用のはきはきとした声で質問される。

「東日本大震災じゃない？」

「なるほど、ご出身はどちらですか」

「静岡市」

「大きな被害はありました？」

「いや、ないです。ちょうどそのとき海外旅行していたんで、揺れそのものは体験してないんですけど、その、一般論的に、一番大きなニュースだなと思って」

「一般論で、社会に一番大きな影響を与えたニュースではなく、あなたにとっての個人的な最大の事件です」

「あ、そうなんですか」

私は考えた。

「ぱっと思いつかないです。どうだろ。結婚して夫の浮気で離婚して……就職して転職して退職して？　あ、親が病気で一人亡くなりました。そのぐらいかな」

「なるほど。次の質問です。第二問。昭和を知っていますか?」

「私は平成元年生まれなんですけれど、まあ知りませんね、なんとなくならわかりますけど」

「あなたにとっての、昭和とは」

「記憶は曖昧だけど、おじいちゃん家で初代ファミリーコンピュータを見たことがあるし、TVは薄くなかったし、けっこうみんな煙草を吸っていて、街角に灰皿がたくさんあったしね。まあ、あ、これが昭和なんじゃね? みたいなのはサザエさんかな」

「では、第三問です」

すぐ次の質問だ。サザエさんについてもう少しつっこんできいて欲しい気もしたが、別に無理に語りたいわけではなかった。

「夏目漱石の『こころ』にでてくる『先生』は、明治の精神に殉じて自殺します。これはつまり、明治という時代が自分の全てで、その先を生きるつもりはない、という覚悟からきていると思われますが、もっと単純ないいかたをすれば、心中してもいいほど明治が好き、という解釈もできます。平成という時代に対する愛着といいますか、そういうものはありますか」

「あ~はいはい、平成のスピリットさん」

「はい」

「私はね、あんまり、〈平成〉って括りで時代をみないんですよね。九〇年代、二〇〇〇年代、一〇年代ってみているんです。年代ごとに文明は進歩していると思いますけど、好きとか嫌いとかそういうのはないので、答えは〈ない〉です」

「嫌いではないが特別な愛着もないと」

私は一呼吸おいていった。

「まあ、そうですね」

「第四問です。もしもあなたが昭和にキャッチフレーズをつけるとしたらなんでしょう。平成にキャッチフレーズをつけるとしたらなんでしょう。キャッチフレーズというのは、たとえば一つの時代を俯瞰して、一枚のポスターか何かにしたとき、そこに総括してつける一文とお考えください」

うむ、と私は唸ってしばらく考えた。壁をさする。おかしいよな、この電話。ふざけているのだろうが——どうも声のトーンなどからは、本当にマジメにアンケートをしているように感じる。

「昭和のキャッチフレーズは、破壊と再生」

「なるほど。どうしてそのように思います？」

「昭和って第二次世界大戦があったじゃないですか、で、復興して高度経済成長期。これらが昭和の大半でしょう。戦中、戦後、高度経済成長期。だから破壊と再生。平成のキャッチフレーズは……」私は少し考えた。受話器の向こうの相手は黙って待っている。確か平和が成ることを願ってとかで、平成という元号にしたのではなかったか。高校時代の社会科教師によれば。

「不穏な平安かな」

「不穏な平安」平成のスピリットを名乗る女はいった。「うまいこといいますね」

「あ、うまいです？」国際的に見れば一九九〇年代から二〇一八年までは平和ではない。だが、平成という日本の元号で考察するなら、日本国内だけが対象であろう。海外派兵があっても、上空をミサイルが通過していっても、概ね平和といえる。だが宗教団体が地下鉄にサリンをまき、阪神・淡路の震災、連続殺傷事件も多い。

「素敵な回答ありがとうございました。では第五問です」

「待ってください。そろそろ、私も質問していいですか？」

「なんでしょう」

「あなたは何者なんでしょう？」

「最初にいった通り、平成のスピリットです」

「いやそれは」やめましょうよ、そういうの。「でも人でしょ？　タナカさんとかサイトウさんとか名前あるでしょ？」

「いえありません。名があるとすれば、平成のスピリットが名です」

「そうですか。昭和のスピリットとかもいるのですか？」

「ええ。昭和のスピリットは確かにいました。なかなか熱血で、説教好きで、ちょっとヤンチャで、冒険心があって、ちょい悪オヤジみたいな方でした。昭和が終わる頃、昭和を生きた人のところに現れ、昭和についてのいろんな会話をし、そして昭和が終わったときに消滅しました」

「へ〜」と相づちを打ってから声にださず十秒間数えた。その十秒間、相手は何も喋(しゃべ)らなかった。私の額を汗が滑り落ちる。「じゃあ、えっと、あなたは超自然的存在なんだ。でも、ね。茶番はもういいです、そろそろ本題いきましょう」

「茶番？」女は訝(いぶか)しげにいう。

「あなたは、植野(うえの)さんの、誰か、その、奥さんとか、そういう人？ですよね？」

「いえ？　植野さん？　私は平成の……」

「いや、いやいや」だからそれはなんなんだよ、いつまであわせてやったら気が済むんだ？

「私は植野さんという人は存じません。またあなたの私生活とも縁のない存在です。今、こうして話していますが、このアンケートが終わったら、二度とあなたと会話をかわすことはないと思います。では第五問に入ります」

　私は混乱してきた。いや、もうだいぶ前から混乱しているのだ。

「待って、入らないで。はっきりさせよ。もしもあなたが本当にスピリットとかなんとかいうなら、あなたは私の幻覚というか幻聴で。あなたは存在しない。あるいは今、夢のなかで」

そもそもはミッコの依頼だった。ミッコは中学時代の同級生であり、また板橋のキャバクラで数ヶ月一緒に働いていたこともある友人だ。

今から一ヶ月前。九月のことだ。

ミッコが〈植野小五郎〉という男の行動を調べて欲しい、と私に頼んだ。

私は素人ではあるけれど、盗聴器やGPS発信機、監視カメラとかその種のものを持っているのである。お金を払ってくれるなら、たいがいのことはやる。七年ほど前だが夫の浮気の証拠を揃えるために盗聴器とGPS発信機を購入したのがはじまりだった。夫の部屋を盗聴したり、夫の鞄にGPS発信機をいれたりして、自力でばっちりと証拠を揃えた。おかげで離婚もスムーズにいったし、慰謝料もとれた。このときの武勇伝がきっかけになり、キャバ時代には「彼氏の素行調査をして欲しい」「ストーカー対策に監視カメラを仕掛けて欲しい」といった依頼を、同僚、あるいは友人つながりの知人から受けるようになった。格安の友人価格で、時には赤字で、私はストーカーの姿を撮影してそのデータを被害者にあげたり、他人の彼氏の追跡調査結果をレポートしてあげたりしていた。穿鑿しないで頼まれたことをきちんとこなしたので評判は良かった。

さて、ミッコが調査を依頼した植野小五郎とは何者か。

ミッコが現在働いている池袋のガールズバーの常連客で五十すぎのおっさんだという。ミッコの話だと、植野は「投資コンサルタント」とかいう胡散臭い肩書きで、どうも詐欺師みたいなことをやってるらしい。夜の町での羽振りはいい。乗っている車もBMWで、金を持っていることは間違いない。

植野小五郎はまともな金の稼ぎ方をしていない。と、ミッコはいう。悪事で得た大金というのは、銀行には預けずに現金のまま持っている人が多い。植野がバーでミッコに語った話によれば、前に住んでいたマンションで空き巣に入られたこともあるし、強盗にやられたこともあるそうだ。うまく警察を呼んだり、ダミーの金庫を盗ませたりして立ち回ったので被害はほとんどなかったのだという。「そもそも現金を自宅にほとんど置かないしね」と植野はハイボールを飲みながらいった。ミッコが「じゃあ、どこに置くんですか」ときいたら「んなもの、秘密の場所だよ」という。この植野小五郎、ミッコによく長野土産を買ってきてくれる。ミッコの友人のデリヘル嬢が、塩尻のパーキングエリアで見かけたこともあったらしい。山葵煎餅だかなんだかの土産をもらったとき「長野でいっつも何しているんですか」とミッコがきくと、「友人に会ったりいろいろだよ」と答えたという。

「おかしいでしょ」とミッコは私の部屋で缶ビールを飲みながらいった。「何をしに長野に何度もいくのよ。理由わからないでしょ」

「だから友人に会いにいくんじゃないの？」

「五十すぎで、友人に会うためだけに東京から長野に何度もいく？」

年齢は関係ないだろうとは思うが、確かに少し引っかかるような気もする。だが、登山、ゴルフ、釣り、MTB、その他、長野に通う人など、いくらでもいるだろうとも思う。

「実家、じゃないの」

「植野さん、出身、北海道だってよ。それに」ミッコは先回りするようにいった。「植野さんの愛人は五反田のほうにいるのよ。店に連れてきたこともあるもの。長野に二人目の愛人がいるってありえる？」

「さあ？」

ミッコはこうした断片を繋ぎ合わせて、こう推察した。〈金の隠し場所が長野にあるからではないか〉と。

それはどうかな、と最初は思った。東京から長野では手間がかかりすぎる。

でも、いろいろ考えていくと、ミッコの説はあながち間違いではないかもしれないと思えてきた。お金を保管するのに自宅以外で安心できるのは、銀行の貸し金庫だと思うがタダではない。長期的に預けるならバカにならない金額になりはしないか。

もし自分が、自分以外の人間に知られていない別荘的物件か何かを所有しているのなら、隠したいものをそちらに隠しておく、というのは別段不思議でもない。自宅が強盗に狙われた経験があるなら、なおさらだ。

「まあ、本当に〈遊び〉にいっているのかどうか。長野の〈どこ〉にいっているのか。ただね、別に、知ったから盗みにいくというわけではなくて、ただの好奇心だから。いったん気になると確かめたくなるだけなんだ。お金払うから、やってくれる？」

私はこの趣味の探偵行為が好きだ。楽しくてたまらない。前夫の浮気を暴いたときも、パソコンで位置情報がラブホテルにあるのを知ったとき、怒りに混じって達成感があり、それでやみつきになってしまったのだ。キャバクラを辞めてから、依頼もなく、退屈していた。ミッコとは前金で二万、長野の場所をつきとめた場合はさらに一万払うということで話がまとまった。

依頼を受けてからほどなくして、私はミッコからきいた植野小五郎のマンションに向かい、植野のBMWにGPS発信機をつけた。

後はスマホでも自宅のパソコンでも、車がどこにあるのかずっと確認できる。

それからしばらく――一ヶ月ほどの間は、毎日、植野小五郎の車の行き先を確認し続けた。愛人のマンション、スーパー、大型ショッピングモール、ゴルフ場、ゴルフの練習場、駅前のコインパーキング、常に車で外出するわけでもないので、植野の行動の細かいことは知らない。監視している間に伊豆にもいったのだが、宿泊したホテルやまわったルートは、完全に観光目的と思われた。

そしてついに一ヶ月が過ぎたある午前中、日課の「植野の車がどこにいるのかチェック」をすると、植野の車は中央自動車道を長野方面に向かって進んでいるところだった。

午後三時には、植野の車は、駒ヶ根市の町外れのある一点で動かなくなった。

グーグルマップのストリートビューで確認したが、道路から少し奥に入った道祖神と田んぼしかないようなところである。樹木がカメラを遮っておりよく見えないが、上空からの写真で見ると建物が建っている。地図にはホテルや民宿といったものの表記はない。

植野の車はここに一晩停車した。それから東京へと戻っていった。車中泊をしたのでないのなら、ここに建つ民家(かどうか知らないが)に宿泊したと考えられる。

私はとりあえず、ミッコに事の次第を報告しようとして、ふとメールを打つ手をとめた。

――一回、現地をこの目で確認してみるか?

私は植野の車が東京のマンションにあるのを確認してから、ジャケットを着ると、ヘルメットを被り、４００ccのヤマハのオートバイに跨がった。高速を飛ばせば目的地まで二時間半で到着する。

雨続きのなか久しぶりに晴れた日だった。

ヘルメットのシールド越しに流れ去る風景と、全身に吹きつける風が爽快だった。

高速料金やガソリン代を考えると、もらった謝礼ではちょっと割に合わないし、だいたい、もう受けた仕事は完了しており、現地までいくサービスなどする必要は全くない。プロなら金にならないことはしないと思うが、私はプロではない。これは個人的好奇心だ。

高速は空いていて快走できた。やがて高い山々が視界に入る。

目的地付近までくるとオートバイを少し離れた道路脇の空き地に停め、件の場所まで歩いていった。田園と雑木林が広がる静かな道路である。十月にしてはまだ暑い。夏の暑さだ。

そこには一軒のコンクリート打ちっ放しの四角い建築物があった。GPS発信機は数メートルの誤差がでるが、周辺にここ以外の民家はない。車だけここに停めて別の場所にいった可能性もあるが、この家に宿泊したと考えるのが自然だ。

駐車スペースには車はない。自転車やバイクもでていない。田舎の実家——というタイプの家ではなかった。ぱっと見たところ二階もないし、部屋数はそんなに多くないように思う。やはりこれは、〈趣味の隠れ家〉といったところか。

まず私は写真をとった。いろんな角度から十数枚撮影すると、それからそっと敷地に足を踏み入れた。

周囲に人目はなかった。防犯カメラも仕掛けられていない。玄関ドアには鍵がかかっている。裏手にまわるとウッドデッキと窓があるが、雨戸がおりている。

まあこんなものだろう。引き返そうとしたところで、金属製のシーサーの小さな置物が、ウッドデッキの片隅にあるのが目に入った。定番的な鍵の隠し場所だが（まさか、ね）と思いながら金属の置物をどけると、鍵がでてきた。私は鍵を拾いあげた。

これが玄関の鍵だったとして、それがどうしたのだ？　だから侵入する、というのは道理にあわぬ話で、それでは犯罪者だ（もっとも発信機をつけて追跡すること自体が既に犯罪という見地ではひっかかっている気もするが）。もう帰るべきだ。しかし、この依頼、報告後、どうなるのだろう。ミッコが今つきあっている彼氏は、オレオレ詐欺グループにもいたことがあるという半グレのチンピラみたいな奴だ。ここまで判明すれば、ミッコはたぶん彼を唆して、盗みにいかせる。成功すれば、植野の隠し金、事によれば数千万単位の金を手に入れる。ミッコとその彼氏が札束を手にして大笑いしている姿が脳裏をよぎった。私は既に犯罪の片棒を担いでいるし、ＧＰＳを仕掛けたのも、家をつきとめたのも全部私のリスクと労力だ。それを美味しいところだけもっていくわけ？

そもそも、この家に本当に金が隠されているのかを知りたいという気持ちも強くなってきた。今のところはミッコの勝手な想像でしかない。とにかく私は、ここまで来たのだから、とか、ちょっと確かめるだけ、とか、よくわからない曖昧な気持ちのまま鍵を使って中に入ってしまった。

電気をつける。

家のなかは普通だった。籐いすがあり、アンティークっぽい家具がおかれ、キッチンがあり、食器棚にソファがあり、引き出しがいくつかついた黒檀調の物入れがあった。何冊かの本が棚に収まっていた。壁際にはイタリアンブランドのクロスバイク。ゴルフバッグもある。静かな居心地のよさそうな平屋の1DKだ。

無駄なものが少なく生活感は希薄。

さて、金を探す時間はたっぷりあると思う。東京に帰ったばかりの植野はしばらくここには戻ってこないだろう。勘でしかないが、この先一ヶ月以上ここは人の出入りはないのではないのか。壁にドアがあった。妙に頑丈そうなドアだ。私はごくりと唾を呑んだ。ノブに手をかける。開かない。鍵がかかっている。誰も住んでいない家の中に鍵のかかった頑丈そうなドアがあるのは、やや不自然だ。たぶん金はこの鍵のかかった頑丈そうなドアの向こうだ。

しかし、これまた迅速に解決した。なんとなく最初に開けた小机の引き出しのなかに、ドアの鍵らしきものが見つかったのである。

私は鍵を壁のドアに挿し込んだ。かちりとはまった。私は小さく「植野さん、あんたは。まったくもう」と呟(つぶや)いた。

ドアを開くと、地下への階段が続いていた。壁のスイッチで電気をつけると、階段を下りていった。期待と、何か得体の知れぬ嫌な予感がしていた。

階段を下りきった先にまだドアがある。こちらは簡素な普通のドアだ。

ドラムセットと、ローランドの大きなギターアンプ、そしてマイクとピアノがおかれている地下室だった。壁には一階との内線通話専用らしき受話器型インターフォンがかかっている。壁の上のほうは地上にでているらしく、明かり取りの天窓がある。猫がくぐれる程度の大きさで、曇りガラスがはまっている。

「すげえいいじゃん」私は呟いた。地下の音楽室だなんて。

趣味が高じて別邸の地下にスタジオルームを作ったということか。いや——私は植野を知らない。スタジオは、地下室というある意味、日本の住宅では異質な空間に対する、一種の弁明とも思える。いつかここを訪れた誰かに対して、ああここは楽器の演奏のためにあるのだよ、と見せかけるための。必ず楽器以外の何かがあるはずだ。

地下室の壁に絵がかかっていた。鶴が谷間に飛んでいく絵だ。その絵を壁から外すと、壁が奥にくり貫かれ、金庫が置かれていた。なんだかドラマや映画でしか観たことがない隠し場所に笑ってしまった。しかし、なかなか皮肉なものだ。この家を建てたのが植野かどうかはわからないが、ここまで念入りに隠せば、防犯に関して自信はあったのではないか。それなのにど素人の私に、侵入後、一時間もたたずに金庫の前に立たれてしまっている。どこか抜けているのか、それとも人間とは来るか来ないかわからない曖昧な空き巣に対しては油断してしまうものなのか「鍵を隠す」という肝心な部分が緩いため、ほとんど素通りだ。

だが、素人故にたどり着けるのは金庫までだ。惜しかった。私に金庫を開ける能力はない。

案外、そのまま開いたりして。私がダイヤルをまわすと、ガチャリ、という音が、金庫ではなく階上からした。

私は呼吸をとめた。ここ十年でここまで肝が冷えたことはなかった。逃げ場もなくもうダメだと思った。しばらく待ったが気配はなかった。風が何かを倒したのか。私は地下室から出ようとそろそろと階段を上っていった。そしてドアを開こうとしたが、ノブがまわらない。

鍵がかかっている。ドアを調べるが地下室側に鍵穴はない。なんだこの構造は。

急速にパニックになった。「すみません」思わずドアの外に向かっていった。耳を澄ませるがドアの向こうに物音はない。

それから二時間、思いつく限りのことを試してみたが出られなかった。助けを呼べるかとスマホをいじってみたが圏外だった。そのうちバッテリーが消耗してきたのでいったん電源をきった。

四時間が過ぎると、私はひとまず脱出を諦め、仮眠をとった。ピアノにもたれて一時間ほど寝た。悪夢から目覚めることを期待したが、起きてもまだ自分は地下室にいた。

何が起こったのか考えてみた。

まず地下室のドアの構造だ。この頑丈なドアは、外から鍵をかけることはできるが、中からロックを解除できないようになっている。

そしてこのドアは、「金庫のダイヤルをまわしたときに施錠された」と思う。

つまり植野は「自分が留守のときに何者かが地下室に入り、金庫を見つけてダイヤルをまわすと、自動的に階上のドアが閉まり、施錠される仕掛け」を作ったのだ。

なぜそんな仕掛けを作ったのか？

それは、強盗や空き巣に狙われた経験のある植野が、彼らを憎悪しているからだろう。もし複数の強盗が家に乱入してきて囲まれても、うまく誘導できれば全員を地下室に閉じ込めてしまえる。これは彼が作った「泥棒ほいほい」なのだ。あるいは闇の稼業だというのなら、実質、監禁部屋としての使い道もあるかもしれない。確かにこういう仕掛けがあるのなら、あっさり見つかる場所に鍵があるのも、ベタといっていい絵の裏の金庫も納得できる。

もうこうなったら仕方がない。警察につきだされるより他はない。

ふと私は思った。

（警察につきだされるもなにも、植野小五郎は私がここにいることを知らないのでは？）

侵入者が金庫のダイヤルをいじれば、どこかに通知されるシステムを導入している可能性が絶対にないとはいえない。だがそのようなシステムが導入されていないのなら、植野は侵入者が今ここにいることを知らない可能性が高い。植野がそれを知るのは、一ヶ月かもっと後、餓死か衰弱死かした私の死体と対面したときではないのか。どの道、ここには水もない。リュックの中にお茶のペットボトルはあるが、数日以内に救出されなければ私は死ぬ。

壁には一階との通話用の受話器型インターフォンがあるが、外部に電話ができるようにはなっていない。何度か階上に向けてインターフォンで声をかけてみたが、一階は無人なので、何の意味もない。

このような仕掛けの製作者は、おそらく自分が何かのミスや事故で、閉じ込められてしまうという事態も想定しているはずだ。そうなった時のロックの解除方法、あるいは非常用の脱出口をどこかに用意しているのではないか。探してみるが見つからない。

そして三十時間が過ぎた頃、電話が鳴った。

いや、電話ではない。壁のインターフォンが鳴っている。誰かがここにきたらしい。植野小五郎であろう。ああ、良かったと思ってとったのだ。餓死するよりましではないか。

「そうだったんですか」平成のスピリットはいった。

「そうなんですよ。で、もう警察でもなんでも連れていってください。ここから出られればもうそれだけで御の字です」

「第五問は、平成期間中のあなたの最悪の出来事と、最高の出来事は何ですか、だったのですが」

「最悪の出来事は、これ、で決定です。平成さん、あなたは上にいるんですよね？」

「いいえ」

「いいえ？」

「最初に申し上げた通り、私は平成のスピリットです。時代の終わりにいろんな形でみなさまの前に出現します。そして時代が終わると消滅します。まあ消滅といいますか、平成を生きた人の記憶の層にひっそりと眠るのです」

「超自然的存在なら、私を助けていただけないでしょうか？」

「お力になれなくてすみません。私は出現時にはなるべく自然な関わりを演出するのですが、今回は確かに不自然でした。ただ、慰めといってはなんですが、私が出現する先には、今年に亡くなられるかたもとても多いのです。病床の人のところにも出現していますので。たとえば今日これからある人は森の中で首を吊って死に、ある人は山で遭難し、また別の誰かは気の毒な事故で死に至ります。明日も、明後日も、そういうことが起こり続けるし、そして私もまた翌年の四月までです」

「何をいっているのです？　それの何が慰めなんですか」

「平成の先に行けないのはあなただけではない、ということです。せっかくですから、地下で息をひきとるまえに、ゆっくり思い出してみてはどうでしょう。平成に活躍した思い出のミュージシャンの歌や、平成の名画、ヒットドラマ、あるいは若き日の夏休みのことなどを。最新式の流行も、発売されたばかりの電子機器も、今この日も、すぐに〈少し昔〉になり、はっと気が付いたら、博物館で見る〈レトロなあの頃〉になっています。私たちはみな神話の登場人物であり、おとしあなみたいなものにはまって消滅するあなたも、きっと美しい不穏な平安の最後の日々に刻まれ、語られると思います。あとまだおききしていないのですが、平成の最高の出来事は」

「お話し中すみません！　思い出すとどうにかなるんですか？　そこに脱出のヒントがあるとか」

「いや別にそういうのではないですけど。ただ人生の最後に生きた時代の総括をするのもよいかと」

「取引しませんか？　ここから出られたら百万円を即日支払います。一番近いＡＴＭで下ろします。そして二度とここには姿を現しませんし、今回のことも口外しません。また、この家はある人からの情報で突きとめたんです。ここを狙おうとしている不届きな輩（やから）の情報もお伝えします」

遮るように、平成のスピリット——いや、正体不明の何者かはいった。

「何度もいいますが、私はあなたの置かれた状況と無関係の存在です。その点、まだわかっていただけていないようですけれども、本当にお力になれずに残念です。第五問の平成、最高の出来事についてですが」

「ないよ！」

私は叫んだ。

「わかりました。では第六問です。次の世代に残したい言葉などはありますか？」

「勝手にしやがれ！」

そこでもう少し、悪態をついたかもしれない。家を燃やしてやるとか、そうなれば困るのは植野だとか、そんなことをいったかもしれない。

「わかりました。もうアンケートは結構です。私は去ります——では、最後に一つだけ」

女は哀しそうにいった。

私は涙目で言葉を待った。

「ほら、最近というか少し前から、がんばれって言葉は使っちゃいけないとかなんとか、いいますけど、まあ、その、がんばってください、ね」

受話器は沈黙した。

私は声をかけてみるが向こうには何もいない。最初から何もいなかったのかもしれない。死ぬわけないだろう、私は自分にいいきかせる。

私はドラムセットを解体すると、それを積み上げて足場にし、明かり取りの天窓を開く。天窓からは脱出できない。アンプの角度を調節して窓に向ける。電気は通っている。ティッシュで耳栓をする。マイクを繋ぐ。声をだして音のチェック。ボリュームの摘(つま)みをまわす。アンプを通した助けを求める叫び声は道路に届くはずだ。その道路にたまたま親切な誰かがやってくるまで私は叫び続ける。

布団窟（ふとんくつ）

新潟出身の友人と、久しぶりに会ったとき、こんな話をきいた。

少年の頃のある朝、親が寝ているのだと思って羽毛布団の上に乗ったら、〈何か全く別のもの〉がずるりと抜け出てきて、壁の中にすっと消えたそうだ。慌てて親を捜すと、外で雪掻きをしていたという。

本人曰く、その〈何か全く別のもの〉は人とも動物ともいえない、色のついたものだったという。

「何色？」

「いや、一瞬だったんでよくわからないけど、白っぽかった。親にきいても、何のことだかわからないといっていた。でもそれ以来、なんだか怖くてさ。布団に入るとき、あれが入っていたらどうしようとか、膨らんだ布団を見るとあれが入ってるんじゃないかとか」

ただそれだけの話だが、実のところ私も似たような経験をしたことがある。

同じく冬だった。

私は東京都の武蔵野市に生まれ育った。

小学四年生の初秋のこと、秋山という男の子と一緒に遊んでいた。

私は秋山と二人きりでいることに気詰まりな思いをしていた。

彼ではなく、もう少し仲の良い友人と遊ぶつもりで、子供たちが集まる公園にいってみたのだが、誰もおらず、たまたまそこにいた秋山と遊ぶことになった——という経緯だったのだ。

空は曇っていた。

「雨も降りそうだし、帰ろうか」

私はいった。

もちろん、帰ろうというのは、どちらかの家に行こうという提案ではなく、ここでお開き、という意味だ。ところが意外にも秋山はいった。

「いや。いいとこ、連れてってやる」

秋山は私を伊勢丹デパート（現在、閉店）の屋上に案内した。そこは、遊具やトランポリンなどが、人工芝の上にあった。

十歳の私にとって、繁華街の伊勢丹デパートは子供だけで行くところではなかった。すれ違う人間はほとんどが自分の倍はある大きさの大人たちだった。

その屋上遊戯場付近の閑散とした通路に、一回、三十円のビデオゲームがいくつか並んでいたのである。「なんとなくゲーム機でも置いておくか」といった感じの投げやりな置かれ方だった。

「ここで遊ぼう」秋山はいった。

「見ていて」秋山は〈ドラゴンバスター〉（剣をもった主人公が敵を倒しながらダンジョンを進むナムコのゲーム）に三十円を入れると、ゲームをはじめた。

私はごくりと唾を呑んで隣で見た。

時代背景を説明したい。八〇年代の当時、ゲームセンターというのは不良が行くところである。今と違うのだ。そこは煙草を吸うような中学生、高校生の溜まり場で、良い子は決して行ってはいけない邪悪な場所とされていた。ませた六年生ならともかく、それより下の子供はまず近寄らなかった。

通路の向こうから大人の女の人がやってきた。叱られるのではないか、と私はおどおどしながらそちらを見た。大人の女の人は、私と目があうとにっこりと笑い、そのまま通りすぎていった。

（いいのかな、ここなら）

旅館のゲームコーナーと同じ、白に近いグレーゾーン。

また当時のゲームセンターのビデオゲームは凄かったことも語っておきたい。家庭用ゲーム機はまだソフトの品質も品数もハードの性能もたいしたものではなかった。

ゲーム業界の最先端の技術とアイディアはみなゲームセンターのゲームに集中していた。

三十円というのは安い。

終わると、秋山は私にいった。

「おまえもやる？」

「いいよお」と辞退した。「やり方わかんないもの。見ているだけで面白いよ」

「やれよ。やんなきゃ面白くないよ。やり方教えてやるよ。三十円ある？」

三十円はあった。やった。はまった。衝撃だった。

「ここのこと、誰にもいうなよ」秋山は私に念をおした。

それから私は放課後、秋山と一緒に伊勢丹の通路に行くようになった。一人で行くときもあった。

伊勢丹の通路は一種独特な匂いがした。なんだろう？　遊具に差す油の匂いか、基板の匂いか。今でも時折同じ匂いをどこかで嗅ぐと、その途端にこれは伊勢丹の通路の匂いだ、と思う。

秋山は私に外食も教えた。

彼は入り組んだ細い通路にある立ち食い蕎麦屋に私を連れていった。そこでは、かけそばが百八十円、焼きそばが二百二十円で食べることができた。

カウンターは高く、まわりの客は全部大人である。買い食いといえば、駄菓子屋のお菓子と決まっていた私は緊張した。秋山は慣れているのだろう。平然とかけそばを注文していた。

秋山はもはや師匠であった。


四年生の二学期が終わる頃、十二月のことだ。寒波がきており、しんしんと冷え込んでいた。

その日、六十円を握りしめ「これで二回遊べるな。今日はどこまで進めるだろう」と、伊勢丹のゲームコーナーに足を向けると、秋山がいた。いつもの赤いジャンパーを着ている。

私たちはゲームが終わるとデパートをでた。

「そばでも喰う?」私がきくと、その日の秋山は、いいよ、行かない、といった。

その日、秋山は少し冷たい感じだったが、秋山のそんなところには慣れてきていた。彼はそういう性格なのだ。

「家行こ」彼はいった。

伊勢丹で一緒に遊ぶことはあっても、相変わらず自宅に誘ったこともなければ、彼の家に行ったこともなかった。

「近い？」

「普通の距離」

雪がちらちらと降ってきていた。

「寒い、寒い」

私がいうと、「寒いな」と彼もいった。

彼は見知らぬ住宅街を進んだ。

古い木造建築が多かったように思う。トタン屋根に、ぼろぼろの曇りガラスの家が目につく。家と家の間に空き地も多い。

やがて秋山は一軒の家に入っていった。「俺もあがっていいの」ときくと「いいよ」と答えた。

私はそこを、秋山の家だと思った。

だと思った、と曖昧なのは、秋山に「ここは君の家か」と確認したわけではなかったからだ。

玄関には子供の靴がたくさん脱いであった。

廊下を進んで、居間のような座敷に入った。

そこには数人の子供たちがいた。一人は中学生ぐらいで、寝ぐせ頭の男の子だった。

あと何人か、小学校の一年生か幼稚園ぐらいの歳の子、私と同じ歳ぐらいの女の子もいた。いずれも見知らぬ顔だった。

あるいはここは秋山の家ではなく、秋山の親族の家なのかもしれないと思った。住宅街も自分の小学校区ではないような気がした。

部屋には炬燵があって、離れたところには達磨ストーブがあった。小さな子はお絵かき帳に絵を描いていた。別の女の子は炬燵に足をいれ、黙って少女漫画の単行本を読んでいた。

みな、あまり喋らず、まったりとしていて、私を見てもあまり関心を示さなかった。ストーブにあたって人心地がつくと、部屋の片隅の本棚を見た。漫画本がいくつか入っていた。〈がきデカ〉〈ドラえもん〉〈あさりちゃん〉少し古い少年ジャンプもあった。

私は本棚を物色したあと、興味を抱いた漫画本を手にとって読み始めた。秋山はどこかにいなくなった。トイレか何かだろうと特に気にしなかった。

しばらく漫画に没頭していると、袖を摑まれたので顔をあげた。五、六歳の小さな男の子が、遊ぼうと私の腕を引いていた。

私は男の子に腕を引かれ、冷えた廊下にでた。

男の子が廊下を進んで襖を開くと、六畳ほどの座敷があった。

正面に大きな窓があり、外の景色が見えた。雪が積もった庭が見える。壁の両側に布団が高く積まれていた。布団はおそらく二十組以上はあった。こんなにたくさんの布団を見たことがない。布団置き場のような部屋だった。ここで遊ぼう、と男の子はいった。

「お布団で、トンネルつくろう」

男の子は壁際に積み上げられた布団を崩した。いいのかよ、と思ったが、崩れた布団を見ていると私も思わず楽しくなり、羽毛布団にダイビングをした。

男の子はマットを上手く使って、トンネルを作り、私はそのトンネルが隠された穴になるように、上から掛け布団をかけて隠した。

「もぐらだぜ」私がいうと、男の子はそうそう、わかっているよ、というように「うくく」と笑った。「もこもこ、もぐら」

滅茶苦茶に崩した布団の海の中で遊んでいると、さきほど居間にいた子供たちもやってきた。残っていた布団も全部崩され、あまり広くない部屋は布団で埋めつくされた。

何層にも積もった布団の楽園である。私はトンネルをくぐり、布団の穴に身を埋め、その上に掛け布団でふたをした。

「あげる」女の子が布団カマクラの中でキャラメルをくれた。

部屋の電気はついていなかったので少し薄暗かった。

私の吐く息は微(かす)かに白かった。私は肩まで布団に埋まり、窓の外の雪景色を見ていた。

とても幸せな気持ちだった。

ふと見ると、秋山も部屋にきていた。私と同じように布団に埋まっている。赤いジャンパーはもう脱いでいて、セーター姿だった。

「おお、秋山あ」どこ行ってたんだよ。

私は彼と話そうと近寄っていった。

そこで、恐ろしいことに気がついたのだ。私はしげしげと彼の顔を見つめた。

私が秋山だと思っていた少年は——秋山ではなかったのである。

会ったとき彼は、秋山と同じ髪形をしていて、同じぐらいの身長で、彼がいつも着ているのと同じ赤いジャンパーを着ていた。

すっかり秋山だと思っていたのだが、改めて近くで見る少年の顔は、秋山の顔とは眉毛(まゆげ)の形や、細部が異なっていた。彼は見知らぬ子供だった。

ということは、私は知らない子供について歩き、知らない町の知らない家に図々(ずうずう)しくも上がりこみ、そこの布団に埋まっていることになる。

「あれえ、秋山じゃ、なかったんだあ」

私は誰にともなく、確認の意味も込めて小さくいった。秋山に似た彼は聞こえなかったのか、私を見ずに布団の海に潜ってしまった。

これはちょっとまずいことになっているのでは——不安が押し寄せてくるものの、だが、布団は暖かく外は寒い。彼らは特に何も気にしていないようだから、実のところそんなに焦ることもないのかもしれない。猛烈な睡魔が襲ってきていた。

眠ってしまった。

目を開くと、部屋はかなり暗くなっていた。

外はさらに雪が積もっていた。

静かだった。物音も、話し声もなかった。たくさんいた子供たちは私を残して誰もいなくなってしまっていた。

私は首から下を布団に埋めていた。ずっといつまでもこうしていたいと思った。這(は)いだすにはかなりの精神力が必要だった。

とはいっても他所(よそ)の家だ。帰らなくてはならない。立ちあがろうとすると、身体が沈んでいく。布団のトンネルやらなんやらを子供たちが作ったせいで、実に不安定である。

そのとき、私の足は何かに触れた。

ぶにょり、とした感触で、布や、毛布の感触ではなかった。何か脂肪の塊のようなものだ。

「わっ」

――咬まれる。

慌てて足を引っ込めた。その感触が直感的に人以外の生物のものと思えたのだろう。

もがくと再び足がずぼり、と中に沈む。と、さきほど何かを踏んだところは空洞になっており、足は何にも触れなかった。

私はずるずると沈んでいった。

あれ？　と思った。こんなに深いわけはない。私は足をのばしてみた。やはり足は何にも触れない。畳がなくなってしまっている。

見上げれば穴の入り口も頭の一メートルほど上にある。

膝から下がぶらん、ぶらんと何もない空間を揺れる。

私は布団の壁にしがみつく。

説明のつかないことだが――足元にあるのは奈落だった。

もしもこのまま沈むと、真っ暗な地下に落ちる。落ちたら、どうなるのだろう？

そこに待ち構えている蟻地獄のような生き物に喰われるのではないか？　私は〈行方

不明児童〉になるのだ。親が、警察が、どれほど捜しても、もう見つからないだろう。

ずるずる、とさらに私はずり下がっていく。

自分の生きる世界の光がさらに遠ざかり小さくなる。今まさに私は布団窟に開いた、怪物の口の中にいる心持ちだった。

「ひゃあああああ」

私は叫び声をあげ、布団の壁に手をさしこんだ。そして安全を確保するため、あちこちを引っ摑んだ。

ぐらりと世界が揺れた。

穴は大きく開き、壁は垂直になった。おそるおそる下を見た。足元のずっと下の暗闇で、何か得体の知れない魚の跳ねるような音をきいた。あるいは穴は地底に続き、そこには真っ暗な池があるのかもしれなかった。その池には腐乱した人魚のような生き物が泳いでいるにちがいないと思った。

背筋がむずむずする。命だけは助かりたい、という必死の思いのなかに「楽になりたければ、下に落ちて、どろどろに溶けて、永遠に夢に戻ってしまえ」という誘惑が微かだが確かにあり、それがまた私を恐れさせた。

必死の登攀だった。布団の上にでたときには、九死に一生を得たと涙がでた。私が外に出るとすぐに、布団の穴はすうっと閉じて消えた。

廊下を走り、ちらりと居間を見た。

子供たちはそこにもおらず、作業服を着たおじさんが、炬燵に入って煙草を吸っていた。

私は靴をつっかけて玄関から外に飛び出した。

外はもう街灯が点灯している。降りしきる雪を照らしている。

怖かった。足元に気をつけていなければ、そこら中に、暗黒の亀裂があるような気がした。

しばらく道がわからなかったが、やがて知っている場所にでた。

私は苦労して家に帰った。

少し時間がたつと、あの家も、秋山に似た子供も、たくさんいた子供たちも、何もかもがとてもあやふやで恐ろしいものに思えてきた。

これが、普段私が書いている小説であるのなら、物語はまさに始まったばかり——なのだが、残念なことに、実話である哀しさで、核心部分はもうこれで終わりである。

秋山にも他の誰にも、秋山と似た子供についていって家まであがりこんだことは話さなかった。それはさすがに恥ずかしい失態だったからだ。

私はその家があったとおぼしき界隈(かいわい)には近寄らなかった。中学生になって不意に気がかりになり、天気の良い日にその家を捜してみたが、どうもこのような、違うような、と曖昧で特定できなかった。古い家がどんどん消えて新しい建物に移り変わってしまったからかもしれない。

その後、あの部屋のことを不思議に何度も思い出すのだ。二十組以上の布団はなんだったのだろう。本当に単なる大家族だったのか。親が布団関係の商売をしていたか……いや子供たちの微妙な雰囲気からして託児所の類だったのかも？　正確なことは今もわからない。このときの体験は、後に形を変えて私の小説のあちこちに出てきているように思う。

新潟出身の友人から布団の上に乗ったら何かがでてきたという話をきいたとき、私の触れたアレも、同じ種類のものなのか、とても気になったが、もはや確かめようもない。

秋山は翌年、愛知県に転校してしまった。結局最後まで本物の秋山の家に行くことはなかった。

私は時折こんな夢想をする。

老いた私がいる。私は野原の中に建つ古い古い一軒家を借り、そこの六畳間にありったけの布団を敷きつめる。

外は氷点下。吹雪がごうごうと吹き荒れている。軒下には長い氷柱(つらら)ができている。部屋の気温は三度ほどで、老いた私は寒い寒いと、布団の奥へ奥へと潜っていく。どこまでいっても底にはつかず、ずぶずぶ、ずぶずぶと沈んでいく。やがてぬくぬくとした兎の巣穴のような空間におさまると、長い長い眠りをむさぼりはじめる。どのぐらい眠っただろう。きゃあきゃあと子供の騒ぐ声が頭上からきこえてきて、私は目を開く。

どうも、子供が侵入したらしい。

私は、布団の穴を這いあがっていく。そろそろ地上かというところで、子供の足に頭を踏まれる。

私はいったん引っ込むが、しばらくして再び這いあがっていく。

穴から顔を出すと部屋には誰もいない。子供たちはいなくなったらしい。あるいは寝ぼけて、子供が騒いでいる夢を見たか。

穴に戻ろうとして、ふと気がつく。室温が高い。窓の外を見るとそこら中で緑が明るく輝いている。

ああ、春になったのだな、と私は思う。

窓の外には庭を隔てて他の家も見える。野原の一軒家だったはずだが、私が眠っている間に、もう野原ではなく、あちこちに家が建つ住宅街に変わったようだ。

遠くで鶏が鳴いている。

今自分は夢の中にいるのか、それともさきほどまでが夢だったのか。あるいは両方とも夢なのか。

どうもよくわからない紋白蝶（もんしろちょう）のようなふわふわとした気持ちで、私はもう少し眠るか、いや、外を歩いて公園にでも行ってみるかと思う。公園か、悪くない。誰がいるだろう、誰と遊ぼう。みんなもう起きているかな？

この夢想は、二十年近く、私の心の深い部分に残り続けている。

夕闇地蔵

1

地蔵助というのが私の名前です。

村はずれの冥穴堂——黄泉へと続く穴を祀った古刹の境内にある千体地蔵のところに捨てられていたからです。

掃除のお坊さんが産着に包まれて転がっている私を拾い上げました。

そこから私の生は始まったのです。

自分の見えるものが他人と大幅に違うことに物心つかぬ頃から気がついていました。そのことは私をたびたび暗い気持ちにさせたものです。

私の目に映る世界は白と黒。その濃淡で作られています。

アサガオの赤がとっても綺麗ですね、などといわれても、私にはわかりません。人のいう〈赤色〉がわからないのです。青も緑も黄色もわかりません。

ただ色がわからぬだけではありません。

顔が美しい人、醜い人、というのもよくわかりません。造形の細部のバランスを評価しているのでしょうが、私には人はどれも真っ黒で、細部はどこかしらぼやけていて曖昧なのです。目や鼻がどうだとか、顎の形がどうだとかいったことに極めて無関心で、これが美しくてこれが醜いという感覚がほとんどありませんでした。美醜の面においては、年頃の娘も、百歳の老婆も私には同じようなものでした。

白い空の下に黒と灰色の樹木や建物が並び、二本足の真っ黒い影が歩いている。これが私の目に映る人里の風景です。

実のところ、私の視界には層がありました。

ものをよく見ようと目を凝らすと別の世界——第二の層が見えてきます。

第二の層には色があります。

そこでは人はみな、金色の炎となって見えます。人間の黒い輪郭だけぼんやりと残すものの、中ではギラギラと生命そのもののような炎が燃えています（ここでいう金色、また、このさき私の語る赤やら青やらといった色は、あくまでも本当の赤や青を知らぬ私の中だけの言葉です。つまり、たぶんこれが青なのだろう、赤なのだろうと思った色を、そのように呼んでいるだけなのだとご了承ください）。

人だけではなく動物もまた金色の揺らめく炎です。動物に対して植物は銀色の輝きでした。植物には動物のような揺らぎはなく、熾火のように静止した光を放っています。

金色や銀色といっても、無数の金色や銀色があります。青みがかった金銀もあれば、重厚で淀んだ金銀もあり、その反対に、ぴかぴかと軽く薄い光を放つ金銀もあるのです。

第二の層は鮮やかなものです。

燃え輝く金色の鳥が、青を孕んだ大地の、銀色の植物の中を滑空します。そこら中で鮮やかな赤や青がぱちぱちと輝いています。金色の炎の鳥は金色の炎の野鼠をくわえて舞い上がります。

この眩く鮮烈な世界は、私以外の誰にも見えず、それがとても残念でした。

豊かな山に両脇を挟まれた農村でした。澄んだ湧き水の泉があちこちにあり、棚田に引かれています。

——地蔵助遊ぼう。

真っ黒な影の子供たちが、ひらりひらりと現れます。

——鳥をとりにいこう。

——魚をとりにいこう。

——茸をとりにいこう。

影の子供たちは走ります。

私も一緒になって走ります。足は速くないので遅れます。私は役立たずの子供でしたが、誘われると嬉しい気持ちになります。

——地蔵助こっちこっち。

目を凝らすと、前を走る子供たちの黒い輪郭の中に金色の炎がぼうっと燃えたちます。きらきらと希望しか知らぬような光を放っています。綺麗だなあ、と思います。

私もあんな風に綺麗なのだろうか？

私は自分がどんな姿をしているのかよくわかりません。鏡を見れば第一の層の子供たちと同じ真っ黒な影が映りますが、第二の層における自分の姿に関してはいくら鏡を見つめても見えませんでした。

冬次郎は温泉旅館の次男坊で、私よりも二つ年上でした。

私は冬次郎の旅館の斜め向かいにある長屋で育てられておりました。一階では養父母が煙草屋をやっており、私は同じ建物の二階に部屋をもらっていました。そのためいつも冬次郎に面倒をみてもらい、みんなでどこかに行っても、帰るときはいつも冬次郎と一緒でした。

彼はとても賢くて優しく、私は本当の兄のように慕っておりました。

冬次郎は絵を描くことによって自分の見ているもの（強引ですが、私以外の人間に見えているものといえましょう）を教えてくれました。

私の視界でぼやけて見えるのは主に生命です。鹿が鹿に見えておらず、桜が桜に見えていないことなどしょっちゅうです。でも絵や仏像など命のないものは、色がないだけで大方そのままに見えるのです。

冬次郎は、花や人間の顔を私に描いてみせます。

「地蔵助の顔はこんな感じ」

冬次郎が私だといって描いてくれた絵は、髪の毛がなく福耳の、千体地蔵の顔と同じでした。

「冬ちゃん、これはお地蔵さまだ！」

「だって地蔵助だもん」

私はその紙を折りたたんで箱にいれ、大切にしまいました。

目を凝らせば、彼の金色の炎は他の子供たちよりも強弱の揺らぎが少ない、大人のものでした。また比べてみれば、その炎の力強さも形状も、なかなか類のないものでした。

村には時々、青くぼうっと光るものがやってきました。細長く蛇のごとき動きを見せる存在で、私は胸の内でこれを雨蛇さまと呼んでおりました。

雨蛇さまは第一の層では存在しません。他の人間や動物のように黒い影の形は持っていないのです。

それなのに目を凝らして第二の層を見ますと、とたんに青い燐光を発する、目のない大蛇として出現します。大きさは現れるときでまちまちなのですが、あたりの青大将などよりはずっと大きいです。

雨蛇さまは雑木林の中から、ゆらあり、ゆらあり、とやってきます。雨蛇さまが通り過ぎると草木はざわめきます。私以外の人間には雨蛇さまは見えないようですが、何かしら感じるようで、雨蛇さまがそばに来ると場所を移します。集会でより集まっている猫などは、気配を察知しただけで素早く解散し、遠巻きに睨みつけます。

雨蛇さまは時には身動きせずに何時間もとぐろを巻いて同じ場所にいます。屋根の上にあがったり、杉の木の上のほうまでのぼっていったりします。色を自在に変えます。藍色、水色、紺色、白銀の鱗のようなものが全身に現れることもあります。ふわふわと宙に浮かびます。特に何をするというのでもなく、いつのまにやら何処かへいなくなります。

なぜ雨蛇なのかといいますと、雨蛇さまが出現した後には雨が降ることが多いように感じたからです。

雨蛇さまの正体は何かと考えてもわかりません。太陽が太陽であり、燕が燕である

ように、雨蛇さまは雨蛇さまなのでした。山の神というのが一番近い気がします。

2

春のことでした。芝居の一座が村にやってきて、みな集会所に茣蓙などを持って見物に行きました。

私も冬次郎と一緒に芝居を観ました。人物は黒い靄でしたが、何を演じているかはよくわかりました。忠臣蔵と、傘や珠を使った芸でした。

芝居が終わると縁日のようなものが開かれ、一座は笛や玩具や薬などを売り、翌日の午前中まで商売をしてから村を離れました。

そのとき村の子供が三人いなくなったのです。

それぞれ、こうさく、たいち、まさき、という名で、いつも三人で連れ立っている十歳ほどの子供たちです。私も同じぐらいの歳でしたから、よく一緒に遊びました。

夕暮れ前に、彼らは何処に行ったのだという話になり、ああ、もしや三人は芝居の一座についていったのではないか、と大人たちは推察しました。芝居の一座は魅力的

です。不思議な仕掛けの玩具をたくさん持っていたりするものですから、幼い子供たちが好奇心のあまり後をついていってもおかしくはありません。

慌てて、若い衆が二人ほど馬に乗って芝居の一座が出発した方向へ追いかけにでました。

日も暮れかけた頃です。村をでた若い衆が戻ってきました。子供たちは連れていません。

芝居の一座は、隣の村に続く街道沿いの宿にいたそうですが、たずねてみても三人の子供たちは来なかったというのです。

その報告を受けてから、村人たちは少し顔色を青くして、子供たちを捜し始めました。

芝居の一座を追いかける道は街道ばかりではありません。隣村まで抜けることができる、地元の人間だけが使う荒れた細い山道がありました。街道にいないなら、その道に入った可能性が強くなりました。

では山道を捜しに行くか、と大人たちが相談をはじめたところで日が暮れました。

面倒なことになったと誰もが思いました。

文明開化をして何十年も経ち、明治も終わりを告げたというのに、村内には裸電球の街灯がいくつかあるばかりで、満月でもなければあたりは深い闇となるのでした。

倒木や小川を越えていくような曖昧な道ですから、足場の緩いところや、熊笹に覆われて見えなくなってしまっているところなどがあちこちにあり、闇夜では危険です。私には夜の暗闇はあまり関係がありませんでした。第一の層で見れば、確かに夜は視界が利きません。しかし私には第二の層があるのです。

真っ黒な山、何の灯りもない深い漆黒。

私は目を細め、切り替えます。

とたんにぼうっと夜の世界が燃えるように明るくなります。

樹木や草花は、どれもひんやりとした銀色の光を放っています。虫や野鼠、梟、蛇や狸、みなそれぞれのサイズの金色の光が燃えています。

野原や森には、黄色や緑の光があちこちに浮かんだり、さっとうねって消えたりします。樹木に目玉が現れて消えたり、霧が人の形になったり、第二の層には正体のわからぬものばかりがたくさんいます。あまり触れ合わぬよう、気をつけなくてはなりませんでした。

私は真夜中の山道をすいすいと歩きました。

しばらく進むと、私は三体の金色の輝きが不安と恐怖に竦んで、固まっているのを見つけました。案の定、芝居の一座を追いかけて近道をしようと山裾の道に入ったものの、迷って日が暮れ、動けなくなっていたようです。

三人が揃っていて良かった。私は胸を撫（な）で下ろしました。

泣きじゃくるこうさくたちを連れ帰ったときの、村人の反応は意外なほど大げさなものでした。何人かが、私に向かって頭（こうべ）を垂れて拝みました。

村人たちは、私が他人とものの見え方が違うことを知っていました。でもそれは彼らにとっては、「ものがよく見えない、目が不自由である」ということなのです。目の不自由な子供が、夜にたった一人で危険な暗闇の道に入って、誰よりも早く三人の子供たちを救いだした、えらいことだ——というわけなのでした。

だからといって、拝むようなことでもありません。

「地蔵助はお地蔵さまなんだよ」

いつだったか、冬次郎はいいました。

私が千体地蔵の前に捨てられていたちょうどその朝、千体地蔵の一つが土台からなくなっていたのだそうです（だからどうした、盗まれただけであろうといえばそれまでですが）。

また千体地蔵のある寺は黄泉（よみ）へと続く穴——冥穴（めいけつ）を祀（まつ）っています。地下の冥府へと延びている洞窟（どうくつ）の前にお堂を建てており、洞窟の入り口は立派な厨子（ずし）扉で塞（ふさ）がれているのですが、私が見つかった朝はその厨子扉が開いていたというのです。

外見的な特徴もあったかもしれません。私の頭には一本の髪の毛も生えていません。

「まあ、それだけじゃなくて地蔵助は、いつもにこにこしていて、あまり動かないで無口だろう。そういうところだって本当にお地蔵さまみたいなんだ」

村人の私に対する扱いは、確かにお地蔵さまがごときものでした。お腹が減ったり困ったことがあれば、誰もが親切に助けてくれます。でも誰もがどこか一定の距離をおいて接していました。

その距離はありがたいものでしたが、少し寂しいものでもありました。

私はいつの間にか、〈お地蔵さま〉であることが、あるべき自分の姿なのだと思い込み、無私で徳のある様子を演じてみたりもしました。

冬次郎との距離だけが不思議に近く、私は彼のことが大好きでした。

「触らぬ神にたたりなし。地蔵助の機嫌を損ねたら、後で大変なことが起こる、と村人たちは思っている」

「冬ちゃんもそう思う？」

冬次郎は、まさかと笑いました。私はその笑顔に安心して、また事態の滑稽さに楽しくなって心の底から笑いました。

3

冬次郎には美恵という妹がおりました。美恵は私より一つ年上でしたが、いつも幼く、我儘が通らないと地団駄を踏んで親を困らせるような子でした。私の目には、その我儘がなんともかわいらしく映りました。

「ジゾースケえ、おまいりおまいり」

美恵はよくそういって私のつるつるの頭を撫で回しました。

「ジゾースケえ、観音様に会ったとき美恵のことよろしくいっといてよお」

「会わないよ、観音様になんか」

美恵と私と冬次郎はよく旅館の裏手で三人で遊びました。山菜を摘みにいったり、竹細工を作ったり。百人一首をしたり、独楽をまわしたり……。冬の寒い日など、特に何をするでもなく冬次郎の部屋に三人で転がって、火鉢にあたりながら、それぞれが黙って本を読んだりしました。ふと気がつくと、外ではしんしんと雪が降っていたりするのです。

梅雨が終わって少しした頃、美恵は風邪をこじらせて死にました。

私は棺に入った美恵の死体をじっと眺めました。

金色の炎は消えて、ばらばらの燃えカスのような破片がぼうっと淡い光を放っていました。あれを寄せ集めてまた炎を取り戻すことができればよいのに、とお坊さんの経を聴きながらありえぬことを考えます。

冬次郎に視線を向けると、ただ黙って虚ろな目で棺を眺めていました。みな泣いています。

死んだのが自分だったら良かったのに、とふと私は思いました。誰の子供でもないお地蔵さまである私であったなら、冬次郎やその家族がこのような悲しみを抱くことはないではないか、と。身代わりになれるのだったら、喜んでなったことでしょう。

冬次郎は美恵が死んでから家に引きこもってしまいました。これは後日、冬次郎の両親から聞いたことですが、このときの冬次郎は三日間塞ぎこんで何も喋らず何も食べなかったそうです。

私は物心ついてから、自分が捨てられていた寺によく通いました。

千体地蔵のいくつかは苔むしています。台座に載った立派なものや、前掛けをしているもの、倒れ伏した鬼の上に乗って調伏の図を示しているもの。

そんなお地蔵さまたちを見ていると、胸の深い部分に黄昏が訪れているような不思議な気持ちになりました。

お地蔵さまの並ぶ場所から境内を少し進むと、冥穴堂です。距離を置いて見ると、千体地蔵は冥穴堂からぞろぞろと這い出してきて一休みしているようにも、この世とあの世の境を守っているようにも見えます。

洞窟を塞ぐ厨子扉は高さが三メートルもあり、立派な装飾が施されています。両脇にはいかつい仁王像が睨んでいます。

私は和尚さまから、冥穴がどこに続いているのかを示した絵巻を見せていただいたことがあります。

絵巻によれば、冥穴はずっと奥へと進んでいくと分岐して、六つの場所に通じているのです。六道というのだそうです。

絵のうち三つは地獄であることがすぐにわかります。餓鬼やら、亡者やらが責め苛まれている絵が描かれています。残りの三つは地上のどこかのようでした。野原の絵が描かれているものがひとつ、極楽――雲の中に仏像がたくさん描かれているところ――がひとつに、竜宮城のような屋敷の絵がひとつ。

私は厨子扉を開いて、自分がずっと奥へ奥へと進んでいくことを想像しました。もっとも想像するだけで、実行に移そうとは思いませんでした。

「気になるかい、この扉が」

和尚さまはぼんやりと厨子扉を眺めている私の後ろからいいました。

「冥穴はァ、百人は喰っているど。中は妖怪の潜む迷路になっとって、一度入るともう戻ってこんわい」

大昔から、ここではないどこかを穴の先に探して中に入っていく人は後を絶たないのだそうです。

「本当にどこかに行けるのですか?」

あの絵巻にあるような、地獄や極楽、野原や、お屋敷に。

和尚さまは腕を組んだまま答えませんでした。和尚さまの炎はあちこちが円になってぐるぐるとまわっていました。

「ぼくはここから」

自分の出自のことを話すと、和尚さまは噴きだしました。

「そりゃあ、ただのちゃらっぽこな噂だがな。からかわれているのよ、地蔵助。人間はなあ、みんなオッカサンの冥穴を抜けてくるのよ。なんでおまえだけここから出てくるのか」

少しして、和尚さまは私の母のことを話してくれました。

美恵の葬儀が終わって三日後、塞ぎこんでいる冬次郎を誘いだし、一緒にお寺を散歩しました。

境内の樹木のあちこちで、鶯や目白が囀っています。和尚さまが山で捕まえたものを番にして増やしてから、放鳥しているということでした。見回せば幼鳥の頃から人に慣れた鶯が、すぐ近くの枝にとまって私たちを見ています。

新しくできたお地蔵さまを美恵のつもりにしてお参りをして、のんびりと冥穴堂の厨子扉まで歩を進めました。冬次郎は重々しい扉をじっと眺めていました。

踵を返して「地蔵助、ありがとう」と呟いたときには、冬次郎の炎はいつもの強さを取り戻し、これまでにはなかった深く複雑な色を帯びていました。

一度、とてつもなく大きな雨蛇さまを見たことがあります。

真夜中にふと目が覚めたのです。

虫の音も、蛙の鳴き声もぴたりとやんでいました。

異様な気配を感じて窓から外の通りを見ました。

高さは二階の窓に届くほど、幅は道いっぱい、長さは尾の先が道の曲がり角まで達している、特大サイズの雨蛇さまが、無音でするすると家の前の道を進んでいるところでした。

雨蛇さまの青い炎を、半透明な白銀の鱗が包んでいます。

私はただ圧倒されて、震えながら手を合わせて拝みました。雨蛇さまは道の先までいくと、空を見上げ、星空に向かって舞い上がります。

風が吹き、樹木がどうと揺れ、村中の犬が一斉に遠吠えをしました。

しばらくして雲が出て、夜明けまで雨になりました。


ある午後に、私は花咲く野を歩いていました。

一頭の鹿の死体がありました。腐って蠅がたかっています。

私の目には、薄い光を放つ骸の上に、何百、何千もの光点が群がっているように見えます。その蠅も蛙や鳥の餌になるのでしょう。光は光に混ざり、新たな光を生み、闇の中で燃え続けます。世界は死と生が幾重にも積み重なっています。

丘の上に炭焼き小屋の跡がありました。そこから斜面をおりていきますと、草原の上を、二メートルほどの雨蛇さまが浮かびながらくねくねと舞っていました。いつかの夜のものに比べると赤ん坊のサイズですが、それでも私よりはずっと大きいのです。

世の中には、ぼんやり見とれるに値するものが多すぎます。うっとりと眺めておりますと、ある場所で雨蛇さまの姿がふっと消えました。

私はしばらく待ってから、草を掻き分けて雨蛇さまが消えた場所まで行ってみました。

地面に大きな亀裂が開いていました。とても底の見えない深い裂け目です。草に隠れていて、足を踏み外していたら終わりだったと思うと背筋が冷えました。耳を澄ますと、深い闇の底のほうで、風の音が聞こえます。きっと中には雨蛇さまの巣があるのだ、と私は思いました。

4

村から谷を抜け、山をずっと下りたところに大百合平の町があります。大百合平では週に一度市が開かれます。その日、私は手伝いのため、村人たちと一緒に牛に引かせた荷車で市場にいきました。歩きでは片道半日かかる道のりです。村人たちは、みなでお金を出し合って来年には自動車を買うべきだ、と話しておりました。自動車などまだ地主が一台持っているだけの高価なもので、半ば冗談のような響きがありました。

仕事があらかた片付くと、村人たちは湯屋に宿をとりました。荷台に載せてきた品物が良い値段で売れたので、みな心が浮き立っていました。

お金があれば、女を買うだの、博打をするだの、お酒を飲むだのといった楽しみごとが町にはあります。

私は特に手伝うべき仕事がなくなってしまうと、手持ち無沙汰になり、一人で村に帰ることにしました。

今から夜になるけれど大丈夫か、と心配もされましたが、大丈夫と答え、大百合平で食事だけ済ませて歩きはじめました。

どれほど暗くなろうと、私には関係ありません。提灯も必要ではありません。むしろ夜盗、人攫いの類が現れても、闇夜ならばこちらのほうが有利ですから上手く逃げられるというものです。

日は沈み、心地よい涼風が吹いております。いつか冬次郎が「日が沈んだすぐ後は、世の中が青みがかって綺麗だ」といったのを思い出し、今私はその青の中にいるのだろうか――などと考えます。

やがてあたりは真っ暗になりました。月のない夜でした。

町の賑わいの中にいるよりも、虫の音に満たされた夜道を、星でも眺めながらてくてくと歩く方が好みです。

途中、村へ戻るのに丘の上を通る近道があるので、そこを通ることにして、人気のない細い道に入りました（その昔、迷子の子供たちを救出したのと同じ道で、〈雨蛇さまの巣穴〉のそばを通る道でもあります）。

ふと顔を上げると、丘の上にぽつんと建つ炭焼き小屋の廃屋のそばに、金色の炎が揺らめいているのが目に入りました。

金色の炎は樹木の陰に入り、また出てきます。

――あれは？

私は首を傾げました。金色の炎は人間の形状をしています。どうやら一人のようで、周囲に灯りもつけていません。人住まぬ廃屋のそばで、真夜中に灯りもつけずに一人で何をしているのでしょう。

私はゆっくりと廃屋に向かって歩き出しました。お地蔵さまのように、他者のために力を尽くしたいと願う私です。道に迷って困っている人がいるならば、声をかけて案内してあげようと思ったのです。

繰り返しになりますが、金色の炎はみな同じではありません。人の数だけ炎にも個性があります。大きな炎、小さな炎、形状も輝きも色合いも燃え方もそれぞれ違います。

静かに丘を登っていくうちに、私は炎が誰なのかわかりました。

一際明るく夏草のように揺れながら輝きを放つ……今はその揺れもほとんどなく、輝きも少々曇っていますが、丘の上にいるのは確かに冬次郎です。

私は彼に見つからぬよう少し遠回りに、物陰に隠れながらゆっくりと距離を詰めていきました。

冬次郎は廃屋から少し離れた切り株に座っていました。傍らには死体がありました。娘の死体でした。

私の知らぬ娘です。金色の炎はすでに消え、死んだばかりの肉体が放つ、ぼろぼろになった弱い赤色を発しています。

私は物陰からじっと一部始終を見逃さぬようにしておりました。冬次郎は娘の死体を引き摺りながら丘をくだり、草の中にある深い穴に放り込みました。そこはいつか私が発見した〈雨蛇さまの巣穴〉でした。

冬次郎は廃屋に戻ると、着ているものを脱ぎ、新しいものに替えて村へと戻っていきました。

翌日、郵便局のそばで冬次郎と会いました。彼はいくらかの陰りもない明るい爽やかな顔で、昨日の大百合平は楽しかったかい、とききました。

私もすまし顔で、あまり人がたくさんいるところは好きじゃないから、一人で帰ってきたよと答えます。

私はそれ以降、冬次郎の動きに注意するようになりました。私の居がある煙草屋の二階の窓からは、斜め向かいの旅館の建物、冬次郎が寝起きしている二階の隅の部屋と、通用口が見えます。

きちんと意識していれば、冬次郎の真夜中の外出には気がつきます。夜陰に乗じて、といったことは、人が金色の炎に見える私には通用しません。

冬次郎は何度か同じことを繰り返しております。私はその度に、悟られない距離をおいて跡をつけ、一部始終を見物しました。

冬次郎は自分の旅館に泊まる客や、大百合平で娘を見つけているようでした。

十六になる冬次郎は、年頃の娘の好みそうな美丈夫に成長していましたから（何度も申しますように私に美醜の感覚はわかりませんが、村娘がたびたび噂しているのは耳に入っております）、こっそり逢引をしましょうと恋文でも渡すのか、金を払うから誰にも内緒で一晩限りの娼婦となってくれと頼み込むのか、わかりません。とにかく例の丘の廃屋に、夜一人で来るように仕向けます。

真夜中に冬次郎は頬かむりをして音もなく逢引の場所に向かいます。逢引の丘は、私たちの村よりも、むしろ隣村や大百合平から近いので、そちら側からやってくる女と逢うには都合が良いのです。

谷川にかかる橋を抜けて、細い道を手探りで進み、丘の上に出ればそこに娘が待っています（待っていなければ引き返して終わりです）。

最初は岩に腰掛けて娘と話します。やがて手を出し、叢に組み敷き、性の欲望を果たします。

もちろん私にだって交わりたいという欲求は理解できます。炎は時に猛烈に他の炎と混ざりあいたがるものですから。ただ冬次郎のやり方は酷いものでした。相手が抵抗せずに応じたとしても最後には殺してしまうのです。冬次郎は廃屋に刃物を隠し持っていました。娘とは限らず稀に男のときもありました。男色の気はないようで、男ならば組み敷くことなく背後から刺し、首を掻き切ります。理由があって殺すのではなく、殺すのが目的に見えました。

最後には同じ亀裂に落とします。

宿を出立した宿泊客が山道で消えても、死体が見つからねば、騒ぎにはなりません。ただ消息のわからなくなった人間が増えるだけです。

人攫い注意の貼り紙が、煙草屋や、駐在所に貼られました。お巡りさんが民家を巡って、最近、怪しいことがないか聞き込みにやってきました。

5

発覚すれば死罪は免れないでしょう。

何とか止めさせなければ、と思いもしました。でも、己が何をやっているのかわからぬほど冬次郎は愚かではありません。発覚して死罪となるならそれでも良い——そんな覚悟をしているように思えます。

私は怖れおののき、混乱していました。

誰にも見つからぬなら、別に良いのではないかとも考えました。生き物が他の生き物を殺して己の生を謳歌する生命の摂理は隠しようのないことです。特に、私にとっては人も動物もつまるところみな同じ金色の炎なのですし、見知らぬ女にさほどの情も湧きません。年端もいかぬかわいらしい妹を、夏風邪が容赦もなく奪い去っていく残酷な世の中において、一人で旅ができる年齢までに人生を生きた女が無用心の代償に暗闇に呑まれることに、いかほどの悪があるのか。

死者の国というものがあるのなら、そこには美恵がいるのでしょう。年頃の女に自分の匂いをつけて殺して、冥府へ続く大地の亀裂へと放り込む——冬次郎はそれが美恵に対する供物か何かとでも考えていたのかもしれません。

冬次郎だけが狂気の持ち主だった。冬次郎だけが道を外れたのだ——そんな風に語るのは、卑怯なことです。あの当時は私もまた狂っておりました。

はっきりと告白しましょう。

止めなかった本当の理由は、この覗き見に、邪で淫らな興奮を覚えていたからなのです。

二つの炎が絡み合い、火勢を強め、火花を散らし、何度も小さな爆発を起こし、時には大爆発にまで達する——あの交合の様子には、比べるもののない美しさがあります。

その後の光のショーの魅力はどのように語ったところで完全には伝わらないでしょう。

小刀を手にした冬次郎。狩人の炎が放つ孤独の色彩。さあ、仕留めるか否か、手に汗を握る緊迫の駆け引き。お芝居ではありません。血も叫びも、全てが本物です。女の炎にぶくぶくと湧き上がる水泡のような恐怖。生への執着。いざ刃物に抉られれば、妖艶な色彩の花が眩く咲きます。痛み、怒り、絶望、諦めといった強烈な感情の花が、矢継ぎ早に開いてゆきます。

真夜中に悪鬼の所業を為す冬次郎は、禍々しくも神々しく、私はもう目を見開き、夢中で眺めるより他はないのです。頭がぼうっとして、思考が奪われ、何もできなくなってしまうのです。

ある朝のことでした。冬次郎が大百合平へ出かけていたときのことです。

いつも夜に秘事が為される丘を歩いていますと、草の中に捨てられた小刀を見つけました。

いつもは廃屋の中に隠してある冬次郎の凶器でした。

はっとして思わずあたりを見回しました。誰もいません。

なぜ落ちているのだろう、と首を捻りました。

誰かが廃屋に入り、これはよいものを見つけたと持ち出したものの、やはりいらないと野原に捨てたのでしょうか。いえ必ずしも人とは限りません。雨蛇さまは一種超越したものですからそんなことはしませんが、あたりの森には猿もいます。血の臭いの染みた小刀ですから、鼬や狸も、犯人の容疑があります。

私は考えた末に、その小刀を拾って、廃屋の中の埃っぽい棚の上に戻しておきました。いつも冬次郎が置いていた場所です。いざ獲物を殺そうという段になって、肝心の小刀がなければ難儀するだろうと思ったのです。

冬次郎が真夜中に出て行きました。

また獲物を誘いだす段取りをつけたのでしょうか。

私は窓から彼の姿を確認すると、胸苦しさをおぼえながらも、覗き見をするためにこっそりと跡をつけました。

丘に待ち人は来ていません。このように「ふられる」ことは珍しくありません。誰もが真夜中に一人でこんなところに現れるわけではないのです。

廃屋は壁の一部がなくなっています。私は中に入った冬次郎の様子を、少し離れた木陰から観察していました。

ざわりと冬次郎の炎が激しく震えました。

私が戻しておいた小刀を手にとって、訝しげに眺めています。

冬次郎は廃屋から外に出るとあたりを見回し、小刀を野原に放り投げ、村に向かって足早に歩きだしました。

一連の様子から、私は間違いを犯したことを悟りました。

最初に小刀を野原に捨てたのは、他ならぬ冬次郎本人だったのでしょう。錆びて切れ味が悪くなったとか、そういった理由に違いありません。大百合平で買った新しい小刀を廃屋に仕込んでおこうと持ってきたら、自分が捨てたはずの古い小刀がなぜかいつもの場所に戻っていた……動物は持ち出すことはあり得ても、戻したりはしません。自分の所業を知っている人間がどこかにいるのでは、と疑うのは当然です。

二日後のことです。私は夜明けから畑にでました。

煙草屋が兼業でやっている畑仕事を手伝うためです。

早朝というのは一日で一番清々しい時間です。夜明けの淡い光が、靄のけぶる畑をきらきらと輝かせていました。

おじさんやおばさんに交ざって、腰をかがめて芋を籠にいれます。ふっと作業の途中に顔を上げると、畑からずっと離れた小道を冬次郎が歩いているのが目に入りました。

旅館の息子である冬次郎には早朝の畑仕事などありません。おそらく、小刀のことが気になってよく眠れていないのではないでしょうか。

冬次郎は畑には目を向けず、心ここにあらずといった顔で、そのまま雑木林の中に消えていきました。

私は黙々と芋を籠に放り込みながら、小刀を見つけて戻したのは自分であることを何らかの形で冬次郎に教えなくてはならないな、と思いました。そうしなければ、警戒した冬次郎はもう二度と真夜中のショーを見せてくれなくなるかもしれません。小刀のことを話すなら、覗き見していたことも告白するべきか。いっそのことこれからは共犯者として運命を共にすることを申しでてみるか。いや、覗くのと実行に加わるのは全然違う……思考はぐるぐるまわります。

「ほうい、地蔵助え、お疲れさあんよ」

気がつけば太陽は昇り、仕事は終わっていました。

おじさんが畑の外の道で、ねじり鉢巻きをして煙草をくわえた男と話しています。おばさんも曇った顔でその脇に立って腕を組んでいます。

私の思惑よりもずっと早く事態は動いていました。

おばさんがぼんやりと岩に腰掛けて手拭いで汗を拭いている私に顔を向けました。

「地蔵助や、あんた気をつけんといかんよ。ヒトゴロシがこの近くにいるかもしれんて」

6

例の穴の中腹に引っかかっている死体を測量技師が発見したのです。午前中に噂は村中に伝わりました。近隣で多発していた行方不明事件をみな思い浮かべました。

穴の前にはロープが張られ人だかりができました。

「こんなところに穴があったんだねえ」

「深くて暗くてよく見えんけど」

「穴に何か棲んでいるんかね。化け物みたいなの。こりゃ、どこか下のほうで冥穴堂の穴に繋がっているんでねえか」

「ここらの穴には、うわばみがおるってばあさんがいってたことあるけどね。子供の頃に見たって」

「まさかね。足を踏み外したんだろう。にしてもなんであんな道から外れたところに行くのかねえ」

「いやいや胸と腹に刺し傷があったってよぉ」

制服を着た警察官もたくさんやってきて、翌日には穴に調査が入ることになりました。

夕食のときには、廃屋で小刀が見つかったこと、斜め向かいの旅館に冬次郎が戻ってきていないことを知りました。警察や記者などの関係者で旅館はいっぱいになっています。慌ただしい空気の中で、彼の不在はまだ注目されておりませんでした。きっと、この忙しいときに何処をほっつき歩いているんだ？といった感じだったことでしょう。

私は冬次郎について思いを巡らしました。翌日には骨や死体がたくさん見つかり、騒ぎはさらに大きくなることでしょう。改めて考えれば、このタイミングで逃げ出すのは良策ではありません。まさか事件と関係あるのではないか、と疑われかねません。それも覚悟の上で逃げたというならば、もう戻ってくることはないでしょう。

それにしても、行き場所などあるものでしょうか。

四時間ほど眠ってからまだ暗いうちに外に出ました。どうしてだか目を開いたときには、冬次郎が何処に行ったのか、確信しておりました。

冥穴堂の厨子扉の前に辿り着くと、閂が外され、扉は薄く開いていました。

やはり、と思いました。

迷った人間、追い詰められた人間はなぜかここに向かうのです。特に地元の人間はその傾向があります。冥穴には人を引き込む魔力があるのかもしれません。

隙間から覗くと、闇へと下りていく階段がありました。

私は石を削った長い階段を、地下へ地下へと下りていきました。

上に開いた入り口だけが、たった一つの灯りでした。底に下りてから横穴を先に進むと、その灯りもなくなり、完全な闇になりました。

前も後ろも、自分の指先も、足元も、何一つ見えない闇です。もっとも私の特殊な視界では、苔や、小さな虫、蝙蝠の放つ光がわかりますから、問題なく進むことができました。

しばらく進むと、岩と岩の隙間に即身仏が座禅を組んでいる通路が現れます。彼らがここに座ってからどのぐらいの歳月が過ぎたことやら、みなぼうっと黒に近い紫の淡い光を放っています。足早に即身仏の間を通り過ぎました。木と油が燃えた匂いが微(かす)かにします。

松明(たいまつ)を持った人間が通路を進んでいったにちがいありません。

残り香を追ってさらに先へと進みました。

いつだったか和尚さまが教えてくれたことによると、私の母は大百合平から私を身ごもった状態で村に来たのだそうです。悪い男に遊ばれたのだろう、ということでした。しばらくはお寺のお世話になっていたものの、ある日乱心して冥穴に足を踏み入れ、二日後に自力で戻ってきてから私を産んだそうです。

母は産着に包まれた私に名前をつけることなく千体地蔵の前に置いてそのまま行方をくらまし、翌日、滝つぼに浮かんでいるところを発見されたそうです。入水(じゅすい)自殺であろう、とのことでした。

母は弱い人間ではなかったと和尚さまはいいました。
お寺にいた間によく見ていたからわかる、いつも真面目にものを考え、一生懸命に生きようと頑張っていた、と。

心の強さや弱さに拘(かか)わらず、人生には目に見えない急流に囚(とら)われて、よくない場所に押し流されてしまうことがあるのだそうです。道を歩いていたら土砂崩れに遭うとか、熱病に罹るとかそういったことと同じように。

――うおおい。

どこかから人の声が反響してきます。

きっと亀裂の調査に入った人たちの声でしょう。地下の迷宮はみな繋がっているのです。

私は冷静に冬次郎の気配だけを追い続けます。

分岐が現れても、彼がどちらに曲がったか、どこを抜けたかがわかりました。苔の踏み跡や、松明の匂いがずっと糸のように続いています。何か不思議な力が奥にあり、それにぐいぐいと引き寄せられているようにも感じました。

はやく彼に会わねば。聞き耳をたてるものもいない地底だからこそ、打ち解けた話もできるような気がします。

どれほど進んだことでしょう。冥穴は、即身仏の間のあたりまでは人の手が入っていましたが、今や天然の立体迷宮と化していました。

私はお寺で見せてもらった絵のことを考えました。本当にずっと奥へと進んでいけば、地獄や、私が暮らした場所とは異なる世界に辿り着くのかもしれません。私は闇の中で母に会い、もう一度赤子になってどことも知れぬ遠い村で産まれるのかもしれません。

岩の大広間でした。天井は遥か上で、際限のない空間が広がっています。どこかから水音がして、それがこの天然の大広間に反響しておりました。視線の先、大広間の中央にただ一つ、巨大な深い藍色を背景にしてほとんど揺らぎのない金色の炎が灯っています。

冬次郎でした。

私は息を吞みました。地面に蹲った体勢で身動きしませんが、金色の炎の様子からして彼は生きておりました。

問題は、冬次郎の後ろです。

背景の深い藍色とは――冬次郎の後ろには鯨ですら一吞みにできるであろう、どこまでもどこまでも巨大な雨蛇さまがとぐろを巻いていました。

ここはやはり雨蛇さまの巣でした。いつかの夜に見たのと同じものが、更に成長したのかもしれません。

冬次郎は雨蛇さまの頭の前に位置していました。

私の膝はがくがくと震え、涙が自然に滲みました。外で出遭うのと巣穴で対峙するのとでは勝手が違います。言葉の通じる相手ではないですし、私と目の前にいる雨蛇さまとの力の差は、蟻と熊ほどの開きがあります。ほんの些細なことで、次の瞬間には命を失うぞ、と本能が警告していました。

しかし、じっと立っていても仕方がありません。

私はそろそろと足を一歩踏みだしました。雨蛇さまは動きません。さらにもう一歩。雨蛇さまはやはり動きません。三歩目を踏みだしたときでした。巨大な藍色の炎が警戒のためか、すっと薄い水色に変わりました。

私はぴたりと足を止め、本当にその名の通り、お地蔵さまになったかのように息を止めました。自分の体の百倍もあるものが、自分に意識を向けている——脳が勝手に体に動くなと命じたのでしょう——足が岩のように固まりました。

「冬ちゃん」

しばらく間を置いて、呼吸を整えてから、私は囁き声で呼びかけました。地上であったなら囁き声などが届く距離ではないのですが、水音しかしない静まった地底だからか、冬次郎は顔をあげました。

首を動かして周囲を見回していますが、この闇では彼には何も見えないでしょう。

もう一度、私は呼びかけます。

「冬ちゃん。地蔵助だよ」

「地蔵助？」

「追ってきたんだ」

「もののけか？」

化け物が地蔵助のふりをしているのか。

「違う違う」

私は思い切って、いうべきことをいってしまうことにしました。

「ねえ、小刀を戻したのはぼくだ」

はっと向こうの息が詰まるのがわかりました。

「いつも見ていたんだ。冬ちゃん、だから大丈夫だよ。そんなことより、ここは危ない」

雨蛇さまといってもわからないでしょう。

そもそもあれはなんなのでしょう？　オロチ、蛟（みずち）、龍……。

冬次郎の声は震えています。

「何かいるの」

見えない彼でも、これほど近ければ気配でわかるはずです。

「いる。だから、ゆっくりこっちに」

冬次郎が地面に手をついて立ち上がるのと、雨蛇さまがぬうっと鎌首をもたげるのはほとんど同時でした。

その巨体に似合わぬ速度でした。

あっと思った瞬間、冬次郎の金色の炎は雨蛇さまの青い炎に呑み込まれてしまいました。

雨蛇さまは瞬時に、首を伸ばしました。つるんとした大きな大きな顔が、私の鼻の先でぴたりと止まります。首を前に突き出せば鼻が触れるほどの距離です。

私の意識はそこで途切れました。

蝸牛(かたつむり)は己を啄(つい)ばむ鳥の存在を知っているでしょうか？

蝸牛は喰われた瞬間に、痛みを感じているのでしょうか？

自分に何が起こったのか理解できるのでしょうか？

洞窟で意識を失ってから、再び意識を取り戻すまでには大きな欠落があります。そこで何が起こったのか、私にはわかりません。嘴(くちばし)にくわえられて、空に連れられた蝸牛が、自分に何が起こっているのかわからないのと同じことです。

青い光が私を撫で回し、私の炎に触れたときには、不思議な懐かしさを感じました。ざあっという雨の音。激しく振り回され、ぐるぐると世界が回転し、どこまでも落下していき……。

私は眩い光の中を泳いでいました。あたりはひたすらに純白でした。これが死なのだとすれば、想像していたものと随分違うものだと思いました。

水流が私を押し流しています。

白一色の中に、墨が流れ、影ができてゆきます。

景色が見え始めました。全てが真っ白に見えたのは、真っ暗なところからいきなり明るい場所に出て視力が麻痺していたのが原因のようです。

状況から推察すると、あの地下の大広間（もしくはその近く）から外へと流れ出る地下水流へ放り込まれたようです。

私はすぐに岸へ向かって泳ぎました。

命が助かって、もとの村の近くの川にいることがなかなか信じられませんでした。

冬次郎のことは既に諦めていました。もはや生きてはいないだろう、と。

それだからこそ、流されてきた冬次郎が川原で釣りをしていた男たちに救出され、手当てを受けて、奇跡のように息を吹き返したと聞いたのは、嬉しい驚きでした。

同じ日に例の亀裂からはたくさんの死体が見つかり、村中が騒ぎになっていました。

そんな中、川で見つかった私たちは大人たちの糾弾を免れることはできませんでしたが、肝心の冬次郎が喋れないこともあり、時間と共に追及も曖昧になっていきました。喋れない――というのは、冬次郎は、洞窟に入る前とは別種の存在になっていたのです。

私と同じく髪は抜け落ち、目からは光が失せ、満足に歩くこともできず言葉もほとんど発せられなくなっていたのです。

私は彼の世話をすることを名乗りでました。冬次郎の両親は是も非もなく承諾しました。

十月の晩のことです。湯に浸した手拭いで冬次郎の体を拭いてやり、二階の窓から秋の月を眺めておりますと、遠い山脈のふもとにある森の上空を、あの大きな雨蛇さまがゆっくりと横切っていくのが見えました。

冬次郎が、指をさして、アア、ウウ、と呻き声をあげました。

彼は私と同じものの見え方をするようになったのです。

私たちはしばし黙って大きな神が空をうねっているのを見物しました。村中で私たちにだけ見えている光景です。

今では冬次郎の炎の中には雨蛇さまが混じっています。金色のあちこちに青い筋がのたくっているのです。

そしてきっと私の炎にも（私の場合は、母の胎内にいるときからですが）雨蛇さまが混じっているのでしょう。

冬次郎は、夜空から私に目を移すと無邪気な赤子の笑みを浮かべました。

鈴虫の音色がうるさいぐらいに響いておりました。

ある春の目隠し

九〇年代後半の春のことである。

私はそのとき二十代で、大学を卒業して紆余曲折の後、神奈川県に住んでいたのだが、茨城県に学生時代の友人女性Sさんが住んでおり、遊びにいくことになった。

オートバイで向かったが、予想より道が空いていて、三時前には待ち合わせの駅についてしまい、Sさんに連絡をいれた（この頃の待ち合わせはたいがい駅だった）。

三十分後、私がヘルメットを片手にほとんど人のいない駅前にぽつんと立っていると、背後から肩を叩かれた。振り返ると、満面の笑みのSさんが立っていた。

「ひっさしぶりじゃん！　バイクどことめた？　車で来ているから、後ついてきて」

数年ぶりのSさんはいった。

Sさんのアパートは二階の角部屋の2DKで、ベランダから広がる畑が見えた。綺麗に片付いていた。

Sさんと私の共通の友人であるN助と、その彼女（たぶん）のT美さんもこの日はこの部屋に集まり、宿泊する予定になっていたが、彼らの到着は夜だという。

「もしかして俺、早く到着しすぎてしまった？」

「う〜ん、自分ではどう思うの？」Sさんは腕をくんでいった。「ちょっとあたりを散歩してくる」といって私は部屋をでた。

農道を一人でぶらぶらと歩いた。菜の花が咲き乱れる小道のさきに、廃校になった小学校跡を見つけた。校舎はさほど老朽化しているようには見えず、校庭も雑草が少ない。二階の窓ガラスが割れている部分がある。門の前に立ち入り禁止のコーンが置かれている。だが裏門のほうにまわると、容易に侵入できそうであった。

不法侵入はせず、ずっと歩き、二キロほどさきにコンビニを見つけると水とパンと煙草と歯ブラシを買った。

頃合いをみてSさんの家に戻った。なぜか本棚に『漂流教室』があったので読んで時間を潰した。七時頃にN助はT美さんと一緒にやってきた。

私たちは乾杯し酒を飲み、鍋をつつき、自分たちの友情を讃え、現在のそれぞれの環境や、異性についての話や、何かとりとめもない話をしているうちに夜が更けた。そして居間で寝ることになった。

N助は「仕事があるので早朝にここをでて、そのまま出勤する」といった。電話一本かけて休めばいいじゃん、と私たちはN助にいった。ちなみに私はとあるブラック企業の営業職を辞めたばかりだったので、翌日の予定はなかった。

夜の二時ぐらいで、照明を消し、みな就寝態勢に入った。友人宅に雑魚寝泊すると(ざこね)きは、興奮で眠れなくなることが多く、この晩も、三十分ほど眠ったような気がしたが、後は目が冴えてもう全くダメであった。

深夜三時を少しまわったころ、私は寝床をでると、靴で埋まった玄関から自分の靴をつっかけ、できる限り音をたてないようにアパートの扉のノブをまわし、そっと外にでた。ひんやりとした春の夜気を吸い、そして夜の農道を少し歩いてから煙草を吸った。

ぶらぶらと歩いていくと、例の廃校の前にでた。見ると屋上のあたりが赤っぽい光を発しており、笑い声のようなものがきこえた。素人の歌声と、かき鳴らすギターの音。深夜の廃校の屋上で騒いでいるらしい。十中八九、地元の若者たちなのだろうと思う。夜の小学校に忍び込み、屋上で宴会をする青春も、違法ながら味があって悪くないだろうなとぼんやり思いながら校舎を見上げていると、唐突に目の前が見えなくなった。

背後から目隠しをされたのだ。

「だ〜れだ」

女性の声だった。

あまりにも唐突で、ものすごく驚いた。

「わあ！　あ、うわ。誰」

「死ぬんだよ、いつかきっと人は」

目隠しされたまま、声がきこえる。

死ぬ？　殺される？　私は急速に「刺される」と予感し、叫んで目隠しを振り払い、数十メートル走って振り返ったが、菜の花の咲く小道には誰もいなかった。

一気に酔いも覚め、妙な汗を全身にかき、周囲を警戒しながらアパートに帰ったが、みんな寝ていた。Sさん、T美さんも毛布にくるまって寝息をたてていた。明け方までじっとしていたがそのうち眠ってしまった。

目覚めたのは十一時ぐらいで、N助とT美さんはもういなかった。「最初にきて最後に帰る君、いいね」とSさんは呆（あき）れたように私にいった。散らかりまくった居間の掃除を手伝い、二日酔いの頭痛をおぼえながら、何杯も水をのんだ。Sさんが作ってくれた目玉焼きを食べながら「昨晩遅く、外で誰かに目隠しをされた」と夜の怪事件を話すとSさんはひどく驚き、「あたし爆睡してたから、君が外に出ていったことすら知らなかった」といった。「それ、幽霊だと思うよ。昔、あの辺で女子高生が死んだってきいたことある」と勝手に心霊体験にしていく。帰り際、Sさんは駐車場まで見送りにきてくれた。最後に握手をした。

翌年に私は沖縄に移住して、彼らと疎遠になってしまった。〇六年頃、N助と電話で話した。近況報告でSさんもT美さんも結婚したことをN助からきいた。(T美さんとN助は別れており、T美さんの配偶者は別の男性である)。Sさんはドイツの方と結婚し現在は日本に住んでいないという。

私に目隠しをした女性は、何者だったのか。廃校で酒宴でも開いていた連中の一人で、私を仲間の誰かと間違えたか、あるいは酔っていて絡んだとする推察が有力ではある。

一五年頃に、体を壊して那覇市立病院に入院したとき、点滴をつけながらベッドに寝ていたが、深夜ふと目覚め、忘れていた二十年近く前の春の夜の〈死ぬんだよ、いつかきっと人は〉を、思い出した。過ぎ去った若き日の真夜中の一瞬。私に目隠しをしたのはSさんだったのではないかと理由もなく思った。実際どうなのかはもはや解明されることはないであろうささやかな謎だが、そういうどうでもよい謎が私の人生にはいくつかある。

あとがき

デビュー以来、どこかの媒体で発表はしたものの、本には収まらずに埋もれていた作品と、アンソロジーに収録された作品をあわせてまとめたものが本書です。なんらかのテーマに沿って編んだ作品集と違い、枚数も7枚から80枚、作風も実話怪談から幻想中編まで、てんでばらばらなので、いくらか混乱される読者の方もいるのではないかと「作品解説」として作者のコメントをつけました。

古入道きたりて（40枚）――『和菓子のアンソロジー』光文社文庫2014年6月

依頼原稿は、短編の場合たいがい「枚数」と「テーマの注文」があります。この「古入道きたりて」は、「和菓子をテーマにした40枚前後のもの」という依頼でした。「坂木司（さかきつかさ）さんが、いろんな作家に和菓子をテーマにした短編をリクエストしたアンソロジー」というなかなか攻めた企画の本に入っています。

この依頼を受けて和菓子というのは、お茶とかお座敷とか、祖父母とかいろんな連想に繋(つな)がっていくアイテムなのだなあ、と改めて発見したような気がします。

焼け野原コンティニュー（40枚）――「オール讀物」2014年8月号

ホラー作家という立ち位置で、いつもの雰囲気、いつもの展開みたいなものを繰り返していると、割に早い段階で袋小路にはまることが予測できるので、この依頼では普段書いている作風とはあえて異なるパニックSFものにしました。文芸誌の「現代作家が描く戦争小説」というテーマでの依頼でした。作中「トカトントン」は太宰(だざい)治(おさむ)の名作短編です。

白昼夢の森の少女（60枚）――「オール讀物」2013年8月号

静かで平和で無限に広がる森を歩く夢を昔よくみました。そこは都市のない世界で、国境もなく、法律もなく、少し歩けば家だったり、小さな畑だったりがあるのですが、それ以外は全部森なのです。人間以外の生き物もたくさんすんでいます。その世界では「位置」というものがあまり重要ではなく、一度いった場所を離れると、たいがい二度とそこには戻れないし、誰かと交流して別れると、たぶん二度とは巡り合えない。もしかしたらそんな夢を見るのは、遠い昔、野生動物に近かった頃の人類の記憶が遺伝子に刻まれているからかもしれません。こちらは文芸誌の夏のホラー特集の依頼でした。

銀の船（80枚）――『二十の悪夢 角川ホラー文庫創刊20周年記念アンソロジー』２０１３年10月

ホラー文庫二十周年記念で、「20」をテーマにしてください、という依頼でした。世の中には、特に間違ってはいないし、普通の人格で、それなりの能力を持っているのに、要領が悪いというか、運が悪いというか、ある部分での選択で、自分をとりまく環境が望まぬ形になっていくという人が少なからずいると思います。私的に人生の面白さというのは、安全で先の読めるところにはあまりなく、身一つで糸の切れた凧のように未知のなかに飛び出していくところにこそ凝縮していると思いますので、もしも退屈か、ハラスメントかのどちらかに殺されかかっているのなら、とりあえず飛行機か何かに飛び乗っちゃいなさいよ、なんて思います。作中の「粘膜蜥蜴」は角川ホラー文庫ででている飴村行さんの傑作です。

海辺の別荘で（８枚）――『スタートライン 始まりをめぐる19の物語』幻冬舎文庫２０１０年４月

一瞬の邂逅というものが好きです。名も知らぬ人と、山小屋とか、バスの座席とか、待合室のストーブの前とかで、ほんの数分話す。その数分で知り得ることなんてほんの僅かなのですが、その人の人生と、人柄みたいなものがなんとなくわかる。「あ、じゃあ、また」などといって別れ、そして以後、たぶん二度と出会うことはない。そんな邂逅の断片が私の中にはいくつも残っています。本作は「始まりをテーマにしてほしい」というショートショートの枚数指定依頼でした。その割には何も始まらなさそうですが。

オレンジボール（7枚）――「THE BIG ISSUE JAPAN」No.111 2009年1月

ビッグイシューはホームレスの人々が販売する薄い雑誌です。この作品では「ストリート感」をだしてみました。私も若き日は何も持たずにどこかに転がりこんだりしたものです。外ではどうだかわかりませんが、いったん部屋に戻ってくれば、誰の目に触れることもない涙や、知られざる訣別があるのではないでしょうか。枚数的にも、たぶんその後日の目を見ることはなかろうと思っていた作品が今回収録されて嬉しいです。「海辺の別荘で」と並べると、変身テーマが共通していることを再発見。どちらか削るべきかとも思いましたが、ここでいれないとたぶん永久に人の目に触れなくなりそうで両方並べました。

傀儡の路地（55枚）――「小説 野性時代」2017年9月号

暗い路地裏を曲がったら、蛍光灯の街灯に照らされたなかで、見知らぬ男女が沈黙のうちに社交ダンスを踊っているような不気味な絵を思いながら書きました。この短編の主人公と同じく、筆者はよく知らない町をぶらぶらと歩いて通過していくのがとても好きです。地元のご近所さんが客層である小さな飲食店などで、ひっそりとラーメンなど食べるのが好きです。文芸誌のホラー特集の依頼。

平成最後のおとしあな（32枚）――「幽」vol.30 2018年12月

平成最後の「幽」なので、平成をテーマにした怪談短編をください、という依頼で書いた作品。私は高校に入学する頃に平成がはじまったと記憶しています。本当に、辛いことも楽しいこともたくさんあって、平成は青春時代そのものでした。三十年を思い返すと、目眩がします。これを書いている今は2019年の3月でまだ平成は終わっていません。二十年後にこの文章を読むことがあれば、ノスタルジーを感じるかもしれませんね。

布団窟（25枚）――『怪談実話系7』MF文庫ダ・ヴィンチ2012年2月

「実話怪談」の依頼でした。現時点で私が書いた唯一の実話怪談ということになるでしょう。真冬の寒い時期に羽毛布団に包まっていると、まだ幼い頃に布団で洞窟を作って、ライトで照らしたり玩具で遊んでそのまま寝てしまったことなどを思い出します。

夕闇地蔵（60枚）――『七つの死者の囁き』新潮文庫2008年11月

筆者は「ゲゲゲの鬼太郎（墓場の鬼太郎）」で、好きな妖怪はときかれたらまず「吸血木」にでてくる「のびあがり」を挙げます。子供の頃、ふとTVをつけたら、ブラウン管に「のびあがり」がいたのが、人生初の鬼太郎との出会いでした。生命現象とか、太陽とか、火山とか、基本全部、エネルギーだと思います。もしかしたら私たちの感覚では捉えられないエネルギーだってこの世界のあちこちに在るのかもしれません。

私は作品を作るとき、そんな気配をずっと探してきたような気もします。

ある春の目隠し（7枚）――文庫書き下ろし

本書の文庫化にあたって掌編を一つ、という依頼で書いた話。当たり前のように続いてきた日々に終わりがあることを思い知らされるのが春という季節。友情を感じる好ましい人たちと、ソフトにフェイドアウトしていく淡い別れを、人生は繰り返すものだと思います。春風の中には、過ぎ去った時代の幽霊が棲んでいるように感じます。

恒川光太郎

本書は、二〇一九年四月に小社より刊行された単行本に書き下ろしを加え、文庫化したものです。

白昼夢の森の少女

恒川光太郎

角川ホラー文庫 23193

令和4年5月25日　初版発行
令和6年11月15日　10版発行

発行者――山下直久
発　行――株式会社KADOKAWA
〒102-8177　東京都千代田区富士見2-13-3
電話 0570-002-301（ナビダイヤル）
印刷所――株式会社KADOKAWA
製本所――株式会社KADOKAWA
装幀者――田島照久

●お問い合わせ
https://www.kadokawa.co.jp/（「お問い合わせ」へお進みください）
※内容によっては、お答えできない場合があります。
※サポートは日本国内のみとさせていただきます。
※Japanese text only

ISBN978-4-04-112596-0　C0193

◆◇◇

角川文庫発刊に際して

角 川 源 義

第二次世界大戦の敗北は、軍事力の敗北であった以上に、私たちの若い文化力の敗退であった。私たちの文化が戦争に対して如何に無力であり、単なるあだ花に過ぎなかったかを、私たちは身を以て体験し痛感した。西洋近代文化の摂取にとって、明治以後八十年の歳月は決して短かすぎたとは言えない。にもかかわらず、近代文化の伝統を確立し、自由な批判と柔軟な良識に富む文化層として自らを形成することに私たちは失敗して来た。そしてこれは、各層への文化の普及滲透を任務とする出版人の責任でもあった。

一九四五年以来、私たちは再び振出しに戻り、第一歩から踏み出すことを余儀なくされた。これは大きな不幸ではあるが、反面、これまでの混沌・未熟・歪曲の中にあった我が国の文化に秩序と確たる基礎を齎らすためには絶好の機会でもある。角川書店は、このような祖国の文化的危機にあたり、微力をも顧みず再建の礎石たるべき抱負と決意とをもって出発したが、ここに創立以来の念願を果すべく角川文庫を発刊する。これまで刊行されたあらゆる全集叢書文庫類の長所と短所とを検討し、古今東西の不朽の典籍を、良心的編集のもとに、廉価に、そして書架にふさわしい美本として、多くのひとびとに提供しようとする。しかし私たちは徒らに百科全書的な知識のジレッタントを作ることを目的とせず、あくまで祖国の文化に秩序と再建への道を示し、この文庫を角川書店の栄ある事業として、今後永久に継続発展せしめ、学芸と教養との殿堂として大成せんことを期したい。多くの読書子の愛情ある忠言と支持とによって、この希望と抱負とを完遂せしめられんことを願う。

一九四九年五月三日

夜市

恒川光太郎

あなたは夜市で何を買いますか？

妖怪たちが様々な品物を売る不思議な市場「夜市」。ここでは望むものが何でも手に入る。小学生の時に夜市に迷い込んだ裕司は、自分の弟と引き換えに「野球の才能」を買った。野球部のヒーローとして成長した裕司だったが、弟を売ったことに罪悪感を抱き続けてきた。そして今夜、弟を買い戻すため、裕司は再び夜市を訪れた——。奇跡的な美しさに満ちた感動のエンディング！　魂を揺さぶる、日本ホラー小説大賞受賞作。

角川ホラー文庫

ISBN 978-4-04-389201-3

秋の牢獄

恒川光太郎

『夜市』の著者が新たに紡ぐ傑作

十一月七日水曜日。女子大生の藍は秋のその一日を何度も繰り返している。何をしても、どこに行っても、朝になれば全てがリセットされ、再び十一月七日が始まる。悪夢のような日々の中、藍は自分と同じ「リプレイヤー」の隆一に出会うが……。

世界は確実に変質した。この繰り返しに終わりは来るのか。表題作他二編を収録。名作『夜市』の著者が新たに紡ぐ、圧倒的に美しく切なく恐ろしい物語。解説・坂木司

角川ホラー文庫

ISBN 978-4-04-389203-7

南の子供が夜いくところ

恒川光太郎

不穏な奇想がはじけ飛ぶ短編集

からくも一家心中の運命から逃れた少年・タカシ。辿りついた南の島は、不思議で満ちあふれていた。野原で半分植物のような姿になってまどろみつづける元海賊。果実のような頭部を持つ人間が住む町。十字路にたつピンクの廟に祀られた魔神に、呪われた少年。魔法が当たり前に存在する土地でタカシが目にしたものは——。時間と空間を軽々と飛び越え、変幻自在の文体で語られる色鮮やかな悪夢の世界。解説・三浦天紗子

角川ホラー文庫

ISBN 978-4-04-100712-9